婚礼的成员

〔美〕卡森·麦卡勒斯——著
Carson McCullers
周玉军——译

人民文学出版社
PEOPLE'S LITERATURE PUBLISHING HOUSE

著作权合同登记号　图字 01-2017-3756

Carson McCullers
The Member of the Wedding

图书在版编目(CIP)数据

婚礼的成员/(美)卡森·麦卡勒斯著;周玉军译.
—北京:人民文学出版社,2017
(麦卡勒斯作品系列:珍藏版)
ISBN 978-7-02-013474-8

Ⅰ.①婚…　Ⅱ.①卡…　②周…　Ⅲ.①长篇小说-美国-现代　Ⅳ.①I712.45

中国版本图书馆 CIP 数据核字(2017)第 257823 号

责任编辑　**朱卫净　邱小群**
封面设计　**高静芳**

出版发行　**人民文学出版社**
社　　址　**北京市朝内大街 166 号**
邮政编码　**100705**
网　　址　**http://www.rw-cn.com**

印　　制　**上海盛通时代印刷有限公司**
经　　销　**全国新华书店等**

开　　本　**890 毫米×1240 毫米　1/32**
印　　张　**6.25**
字　　数　**139 千字**
版　　次　**2017 年 8 月北京第 1 版**
印　　次　**2018 年 1 月第 1 次印刷**

书　　号　**978-7-02-013474-8**
定　　价　**45.00 元**

如有印装质量问题,请与本社图书销售中心调换。电话:010-65233595

目录

前言 诺思亚娜·萨维诺

第一部 1
第二部 51
第三部 151

年表 174

前　言

诺思亚娜·萨维诺[①]

一九四〇年，欧洲已陷入战争，美国尚未参战。此时的文坛上，出现了一位奇特的新人。她时年二十三岁，高挑、纤瘦，目光有力，说话时带着浓重的南方口音，穿一身长裤、衬衫，与当时的女性颇为不同。她是卡森·麦卡勒斯，一九一七年出生于佐治亚州。她小时候名叫露拉·卡森·史密斯，但她很快就弃用了“露拉”这个在她看来过于娇弱的名字。后来，她嫁给了一位名叫利夫斯·麦卡勒斯的军人。在她成名的城市纽约，原本没有人认识她，可几个星期后，她的名字出现在大大小小的新闻和评论里。因为她的小说处女作《心是孤独的猎手》在评论界和公众当中掀起了热浪。

在种族主义盛行，民权运动还很遥远的南方，伴随着夏季的潮热，这本书诚然受到了一些批评，但赞扬无疑占了上风。人们听到了一个新声音，领略到一种属于作家的感知力。她那精准的语调、对人性孤独的洞见、描写南方小镇的人情世故时所展现的笔力都令人惊异。最重要的是，面对那些因不符合他人期待而被排挤的人，她表现出关切与体贴。人们注意到了她笔下人物的品质与力量：约翰·辛

① 诺思亚娜·萨维诺（Josyane Savigneau），法国作家，麦卡勒斯研究专家。

格，一名聋哑人，叙事围绕他展开；米克·凯利，一位个子过高的女孩，她想成为音乐家（和卡森本人的愿望一样）；比夫·布兰农，咖啡店老板，小说人物们在他的咖啡店产生交集；本尼迪克特·科普兰，一位黑人医生，马克思主义知识分子；杰克·布朗特，嗜酒的造反派。约翰·辛格是孤独的极致化形象：聋哑的他在故事一开始就与他唯一的同伴、另一位聋哑人分开了（我们知道卡森·麦卡勒斯原本想给书取名为《哑巴》）。辛格成了其他人物的知心人，可他却无从吐露自己的心声，就这样死去了。

《心是孤独的猎手》确实是一部了不起的小说，它仿佛不是出自新人之手，而是由一位作家老手写成的，这位作者能够准确拿捏悲剧与幽默、感情与政治分析、反叛与热爱的比例。无论是过去的年轻人还是今天的年轻人，都能在米克·凯利这个形象中找到他们自己的痛苦。如果说有什么值得注意的评价，那应当是来自于麦卡勒斯后来遇到的黑人作家理查德·赖特。在一九四〇年八月五日的《新共和》杂志上，赖特毫不犹豫地将麦卡勒丝与福克纳相提并论，这或许有些夸张，但他强调了麦卡勒丝特有的品质："《心是孤独的猎手》令我印象最深刻的是那份对人类的惊人见解，凭借它，南方文学史上首次出现了这样一位白人作家，她用与对待自身种族一样的简洁和精准塑造了一系列黑人角色。这不仅关乎写作风格或政治立场，还来源于一种面对生活的态度，这种态度使麦卡勒斯小姐有可能避开周围环境的压力，将人类汇聚在一起，无论对白人或是黑人，她都抱有一视同仁的理解与温柔。"

作为一颗新星，卡森·麦卡勒斯结识了一些作家、艺术家，有美国人，也有逃到美国的欧洲人。如果说自戴高乐将军六月十八日的宣言之后，伦敦成为了抵抗运动的象征，那么对于那些从纳粹主义国家中逃出来的人们而言，纽约则是他们的流亡地。卡森与德国大作家托马斯·曼的两个孩子克劳斯、艾丽卡尤为相熟。克劳斯在一九四〇年六月二十六日的私人日记里写道：“认识了有趣的新朋友：年轻的卡森·麦卡勒斯，优秀的小说《心是孤独的猎手》的作者。来自南方。身上有一种奇特的气质，融合了文雅与野性、柔美与天真。可能极有天分。”

第一部小说大获成功后，人们急切而又小心翼翼地等待着麦卡勒斯第二部作品的出版。一九四〇年六月十六日的《纽约时报》上写道：“人们怀着担忧的心情等待着第二部小说。卡森·麦卡勒斯将标准定得太高了，不可能再次达到同样的高度。”一位年轻作家会被这样的话唬住。但卡森没有。她再次回到了工作状态。接下来，有必要列一份简短的人物传记了。

卡森和她的丈夫利夫斯都想当作家。他们曾有一个约定。一个人写作时，另一个人负责养家。一旦这本书写完了，两人就互换角色。《心是孤独的猎手》的巨大成功改变了这个约定。卡森继续写作。然而，由于她的第二部小说《金色眼睛的映像》发生在军营里，便总有传闻认为那其实是利夫斯·麦卡勒斯的作品。毫无疑问，利夫斯的军人生涯给卡森带来了启发与帮助。他一定提供了一些细节。可是，只需读一读他在战场上写的信——他参与了一九四四年六月六日的诺曼底登陆——就能知道，两人之中，卡森才是那个作家。尽管他的信十分详尽而且感人，但缺少了卡森那种独特的风格。

卡森的第二部小说完成于一九四一年初，在二月十四日出版，那天也是美国人热衷庆祝的情人节。《金色眼睛的映像》献给了安娜玛丽·克拉拉克-施瓦岑巴赫——一位年轻的瑞士女人，卡森通过托马斯·曼一家认识了她，然后爱上了她——在她心里，这份爱更多的是一种情绪、一种热爱，而非肉体之爱。五天后，也就是二月十九日，她二十四岁了。她返回南方，不再出入纽约知识分子圈，但她依然是一九四一年初风头正劲的作家。诗人路易斯·昂特迈耶（1885—1977）为她写了被美国人称作"广告"的东西，这种宣传语会占据封面的四分之一，由著名的作家撰写，彰显前辈作家提携新人的"文学授勋"传统。路易斯·昂特迈耶写道："故事具有一种内在的冲动，同生活本身一样自发且无可回避。它层层发展，伴随着各种离奇、阴暗的转折和突如其来的幽默，又自然而然地走向了意料之外、情理之中的结局。对我来说，这是目前出版的最与众不同的作品，是美国有史以来最引人入胜、最令人不安的故事之一。"

现在，许多人都同意田纳西·威廉斯在一九五〇年的再版后记中说的，《金色眼睛的映像》也许是卡森·麦卡勒斯最厉害的一本书。最挑衅。最细致、紧张、干涩。对日常的观察巨细靡遗。最不多愁善感，对人际关系的残酷抱有最无声的冷漠。

这部小说震惊了清教徒众多的美国。一九六七年，在卡森·麦卡勒斯去世几天后，约翰·休斯顿从这本书中获得灵感，与马龙·白兰度、伊丽莎白·泰勒一起制作了一部精彩的电影，同样震惊了那些道德家联盟。一九四一年，评论家们讨论这部小说的技巧，并将它与《心是孤独的猎手》进行比较，以此掩饰对它根深蒂固的反感。人们说它写得太快，认为它太病态、太反常。有些人认为它比第一部写得更早，没有经过充分的修改就出版了。《纽约时报》节制地表达了失望："精明的读者，无论他们在文学上的品位和喜好如何，都认为《心是孤独的猎手》令人难以忘怀。这部更短、更脆弱的小说也部分地展现了相同的品质。但它显然比第一部要差一些。"人们或许会想要更多的论证，好知道它差在哪里。然而，令人震惊的是卡森·麦卡勒斯对被认为是"反常"的东西的关注。无比喜爱《心是孤独的猎手》的评论家罗斯·费尔德也写道："我们把麦卡勒斯女士比作威廉·福克纳：事实上，她似乎试图向福克纳最病态的部分看齐。"由于诸多言论针对这种病态，针对她对"反常"的喜爱，卡森·麦卡勒斯不得不多次表达自己对这部小说的观点，更多的是对文学中"正常"的看法。她试图在《写作笔记》中总结："对病态的指责是不公正的。只能说，作家的写作是从他潜意识里的种子开始的，这粒种子一点一点地生长。大自然从不反常。只有缺乏生命力是不正常的。"一九六七年，去世前不久，她在《金色眼睛的映像》的笔记（保存于得克萨斯州奥斯汀市卡森·麦卡勒斯基金）中写道："我忙于各种家务，每天打扫我们的小公寓。我累了。我没有想到要开始写另一本书，但一不留神，站岗士兵这个灵感就占据了我的大脑，我写下：和平时期的陆军驻地沉闷寂静。一个又一个人物在那里诞生，在那里确立（……）这个故事侵入了我的生活，我从来没有写得如此愉悦。叙事的风格是最重要的，字词的奇迹每一天都令我陶醉。通常情况下，我平均每天写一页，但令我惊讶且快乐的是，这篇故事我每天能写四页，有时甚至能写到六页。"

接下来，卡森·麦卡勒斯的主要任务便是与疾病战斗，努力存活，不顾一切地写下去。疾病最初的几次发作是在《心是孤独的猎手》出版后不久，却未被正确诊断。这是一种急性类风湿关节炎，发作了好几次，因误诊而未引起关注，最终导致她身体左侧瘫痪。此外，她的情感生活一片混乱。她和利夫斯·麦卡勒斯先是离婚，后又复合。一九四二年十一月十五日，她爱着的安娜玛丽·克拉拉克–施瓦岑巴赫从自行车上摔下来，死在了瑞士。这对她打击很大。

安娜玛丽·克拉拉克–施瓦岑巴赫去世时刚刚三十四岁。卡森二十五岁。她不知道自己已经走过了一半的人生。但她朦胧地感觉到，安娜玛丽的死亡以悲剧的方式为她的青春烙下了结束的印记。随后，利夫斯·麦卡勒斯去了战场。她成了一个战争新娘，不断地给利夫斯写信，等候回音——他在信里讲述自己在法国的见闻，以及对这个国度的爱。一直以来，卡森都爱喝酒精饮料，尤其是热樱桃茶，里面的樱桃往往比茶更多。这逐渐导致其健康的恶化，显示出她的一种自我毁灭的倾向。

一九四五年，卡森·麦卡勒斯决定在三月十五日完成新小说《婚礼的成员》的手稿。于是，她回到了前一年夏天拜访过的耶多艺区——位于萨拉托加温泉市的作家之家。她做事有恒心且严谨。她反复修改某些段落，把它们拿给耶多的经理伊丽莎白·艾姆斯过目。在伊丽莎白的鼓励下，她一丝不苟地工作了两个月。八月末，她把完成的手稿拿给伊丽莎白。伊丽莎白在夜里读后对她说："我知道，它终于完美了。"这是一九四六年，距离这本书的出版还有几个月的时间。她感觉到自己的作品又将完成。彼时她刚刚写完《伤心咖啡馆之歌》，一部中篇小说，很久之后才和其他几篇中短篇合集出版。

《婚礼的成员》出版于一九四六年三月十九日，献给了伊丽莎白·艾姆斯。一些评论家将它视为卡森的“代表作”。它在南方又成了人们谈论的禁区，但这一次，故事不是发生在陆军驻地。一九四四年至一九四五年的几个月里（除了结尾之外，故事集中发生在一九四四年八月末），一位少女诉说着她生活的痛苦、她的孤独。她强烈地宣告想要“参与”某事的疯狂欲望，特别是她哥哥贾维斯与嘉尼丝的婚礼。在美国，“婚礼的成员”几乎成为一个流行语，用来指那些热切希望“归属”于某个群体、某个团体的人。弗兰西丝·洁丝敏·亚当斯，她自称“弗兰淇”或“弗·洁丝敏”，显然是《心是孤独的猎手》中米克·凯利的姐妹。她也是卡森的姐妹，一个长得太快的少女——“这个夏天她长得这么高，简直成了一个大怪物。她的双肩很窄，两腿太长”。青少年们能够从她身上看见自己，看见自己对身体的窘迫，对身体发育的害怕，担心随着时间的推进，他们将不可避免地成为大人。和卡森本人一样，弗兰淇表达了抗拒：“我希望我是别人，反正不是我自己。”她对雪和寒冷的幻想与卡森童年时期一样。弗兰淇有两个对话者，一个是黑人女佣贝丽尼斯·赛蒂·布朗，另一个是弗兰淇的表弟约翰·亨利·韦斯特，这个六岁小男孩总是惹恼她，可她却不自觉地爱着他。这份三角关系不是她所渴望的。她想与她的哥哥、哥哥的未婚妻再创造一段关系。这个奇怪的状况在同样奇怪的几天后被揭露。婚礼开始了。十三岁的弗·洁丝敏用回了自己的本名，弗兰西丝。到这里，麦卡勒斯已经能够创作出一部简练、诗意、哀而不伤的小说了。音乐在这部小说中的分量不如《心是孤独的猎手》，但像往常一样，音乐依然在麦卡勒斯的作品中组织着话语。如果说，弗兰淇的角色更接近《心是孤独的猎手》而非《金色眼睛的映像》，这部小说的叙事则与《金色眼睛的映像》有着相同的厚度和力度。

许多评论家认为《婚礼的成员》是卡森·麦卡勒斯绝对的代表作，远远领先于她的其他作品，很可能是因为他们从中发现了更明显的自传性。当然，这篇小说的自传性是卡森作品中最清晰的，是对青春期作为人生关键时刻的戏剧化肯定。卡森·麦卡勒斯认为，青春期中的人们处于一种以后不可能再达到的清醒状态。这当然是值得商榷的。与卡森的另外三部小说及其他作品相比，《婚礼的成员》运用了减少作品力度的方法。在《婚礼的成员》里，人们会错误地相信这是一个“关于青春期危机的故事”，成功地找回了“从童年迈入青春期的那个难以捉摸的时刻”，就像《时代》杂志上写的那样。在《金色眼睛的映像》以及后来的《没有指针的钟》里，不适感直接针对读者，迫使他们认为虚构对他们自身的叙述与对作者、对书中人物的叙述一样多。

我们看到，评论家在谈论《婚礼的成员》时要和缓许多。有些评论家相当赞赏它，并因此将麦卡勒斯视为一位“独特的作家”，一位“推荐作家”。几个月后，这本书却在英国遇冷。人们批评卡森缺乏敏感性，“用福克纳最差的水平写了一篇尴尬、浮夸的小说”——将她与福克纳相比总归是一种褒奖，想到这里，她多少能获得一些安慰。在美国，极富声望的埃德蒙·威尔逊刊发在《纽约客》上的批评最为严苛，但也比英国的那些评论更加高明。他审慎地评价，卡森·麦卡勒斯是一位才华横溢的作家，心思十分敏锐，但“似乎不擅长将自己的才能运用于真正的戏剧性主题。她最新的小说《婚礼的成员》是戏剧性的，但相当不真实”。威尔逊谨慎地总结道：“我希望我面对这本书时没有表现出愚蠢，因为这本书让我恍惚有种上当的感觉。”威尔逊不可能愚蠢。但他或许有些过于传统，稍稍有些大意，因为，只需认真阅读文本就能发现，他那些用来佐证自己观点的评价其实是错的。卡森·麦卡勒斯对威尔逊抱有极大的敬意，这一负面评论使她无法平静。她因此发誓，永远不看别人针对她作品所写的东西。显然，她没有信守诺言。

就在这部小说出版之后，她认识了田纳西·威廉斯，一直到她去世，他都是她最亲密的伙伴，坚定不移地捍卫她，抵挡那些关于她的陈词滥调——“繁琐”“具侵略性”“不够自主”“对任何接近她的人来说都是负担”。一九七五年，弗吉尼亚·斯潘塞·卡尔写了一部关于卡森的传记，名为《孤独的猎手》，威廉斯为它撰写了前言。他有一段文字被卡森·麦卡勒斯的妹妹玛格丽塔·史密斯引用在《抵押出去的心》的序言中，这段文字详细地叙述了他与卡森·麦卡勒斯的相识：“这位终于被我发现的新朋友，她似乎也有趣地、神奇地游离于我们这个世界，如同黑夜本身。”这两位作家都被视为“可怕的孩子”“在自恋中不可自拔”，可他们却每天都在同一张桌子上一起工作。威廉斯认为卡森应该将《婚礼的成员》改编成戏剧。由于她没有他那样的戏剧写作经验，他便给她提了很多建议，以便她能写好这部戏。但她很快就不再来了，因为她和利夫斯复婚了，利夫斯想让她见识一下法国。于是，一九四六年十二月，他们待在巴黎。战后，人们为了忘掉悲伤，常常聚会庆祝。卡森和利夫斯总是在狂欢，很少睡觉。利夫斯参与了解放法国的诺曼底登陆，以英雄的身份出了名。卡森则被视为一位年轻的文学奇才而受人崇拜，《心是孤独的猎手》和《金色眼睛的映像》都被译成了法语。利夫斯对所有愿意倾听的人说，来到欧洲对他意味着重生。然而，他们违背了复婚时彼此许下的节制饮酒的承诺，他们喝得更多了，每天都喝，甚至每人每天都要喝掉一瓶白兰地。一九四七年春天，卡森刚满三十岁，她还不知道，这是她作为一个仅仅身体虚弱而已的年轻女子所度过的最后一个春天，此时的她并没有真的患上不可治愈的疾病。然而，几个月后，每个遇到她的人看到的都是一个残疾了的她——夏天，她突然发病，导致身体左半边瘫痪。尽管如此，她依然决定留在法国，立刻开始撰写新书。然而到了十一月，她再次生病住院。利夫斯和她于十二月一日回到美国，发誓永不再去欧洲。

直到一九四七年圣诞节临近，她才出院。接下来的一年似乎非常痛苦。三十岁的她是否是一位落魄的小说家、作品注定流产的剧作家？那些乌鸦嘴认为是的。但田纳西·威廉斯不这样想。卡森和利夫斯又分开了，她像抓住救生圈一样紧紧抓住了她的写作欲望。她想看到《婚礼的成员》变成戏剧。可她身体很虚弱，经常病倒，总是左半身瘫痪——直到去世都是如此，而田纳西·威廉斯此时在欧洲，在罗马。一九四九年着实是艰难的一年，一切都没有起色。她又病了。她收到了田纳西·威廉斯为《金色眼睛的映像》的再版所写的精彩文章，可她甚至没有力气感谢他。她被病痛折磨，动一动都困难，但仍然调动了身上所剩的全部精力去完成她的戏剧。一九四九年的夏天和秋天，她跟踪着这部戏的整个制作过程：从导演到演员。十二月二十二日，这出戏在费城预演，随后轰动纽约。评论在一开始就非常积极。一九五〇年，距离她成功出版第一部小说《心是孤独的猎手》已经过去十年，卡森·麦卡勒斯重新回到了文艺界。一九五〇年一月五日，《婚礼的成员》在纽约百老汇剧院首演。演出结束时，公众起立致敬。所有的评论都看好这部戏，有些甚至认为它非常卓越。《纽约时报》用"恩典"来评价卡森·麦卡勒斯和演员们的表现。成功迅速到来。这部戏一直演到了一九五一年三月十七日，为卡森带来了大量的现金收入，保证了她的物质生活。这部戏获得了由戏剧评论界授予的季度最佳戏剧创作奖。接着，她又获得了百老汇处女作奖，然后是年度戏剧评论家奖。她在技术上并不纯熟，但她拥有现代戏剧的品位。她的小说焕发了第二次生命，她觉得这振奋人心的新开始也令她重生了。她和田纳西·威廉斯的巨大肖像出现在一九五一年四月的《时尚》杂志上。五月，她出版了小说集《伤心咖啡馆之歌》，收获了评论界的一致好评，书很畅销。一九五二年初，她当选美国艺术文学院成员。

卡森·麦卡勒斯的人生似乎重新起航了，但这不包括她的疾病以及与利夫斯之间的关系。为了让自己的身体有所好转，她尝试了一种又一种排毒疗法。但卡森明白，从今以后她再也不会有灵活的四肢了。就像那些永远意志薄弱的青少年一样，卡森和利夫斯再次食言。一九五二年初，他们前往欧洲。第一站是罗马，卡森在那儿写她的新小说《没有指针的钟》。前来拜访她的人觉得她总是"处在酒精的迷雾中"。到了法国，他们定居在巴希维莱尔的弗克桑，一所被花园环绕的神甫住宅里。他们与花园里的瓜果蔬菜为伴，享受着健康的生活。但很快，酒精取代了健康的食物。卡森的法国编辑决定把她写的所有东西都翻译出来，可是巴希维莱尔发生的事情令他担忧，他不知道卡森是否在写她的小说。天知道。利夫斯和她返回意大利待了两个月，当他们十月份回到巴希维莱尔时，一场不可逆转的灾难发生了。《没有指针的钟》的手稿遇到了问题。利夫斯声称自己写了一本书，但他主要是在参观酒窖。他们常常争吵，相互冲对方大喊大叫。一九五三年的夏末，卡森飞往美国，在尼亚克与她的母亲见面，那里也是她结束生命的地方。从此，她再也没见过利夫斯。十一月十九日，他被发现死在巴黎某旅馆的房间里。是自杀？是药物和酒精过量？我们永远无法了解真相，但我们知道，几个月前，利夫斯曾向卡森提议一起自杀。卡森认为，利夫斯应该被葬在巴黎，这座他深爱的城市。但利夫斯的家人没有同意。

卡森·麦卡勒斯病得越来越重，她唯一的念头就是：为写作活下去。她要写完《没有指针的钟》。在尼亚克，她还没有遇见她的医生玛丽·默瑟博士——她照顾她，支持她，延长她的生命。人们看到才三十六岁却如此憔悴、痛苦的卡森时，都无法想象她能活这么久。一九五四年夏天，卡森回到耶多，完成了戏剧《奇妙的平方根》的初稿，并且继续写了一点《没有指针的钟》。当她离开耶多时，所有人都以为再也见不到她了，以为她会跟随利夫斯·麦卡勒斯而去。利夫斯曾说，她是“坚不可摧的”。耶多的住客们错了，利夫斯对了。写作的意愿赋予了她毋庸置疑的力量。她没有待在尼亚克，因为害怕与世隔绝的感觉。她常去纽约。一九五五年四月，她在基韦斯特和田纳西·威廉斯重聚。两人一起写作。但困难突然出现。卡森的母亲，玛格丽特·沃特斯·史密斯，在一九五五年六月十日溘然去世，享年六十五岁。那个一直关怀她的女人不在了，卡森只剩一个选择：放弃抵抗，向疾病投降，也许会死，也许能争取做一个出色的作家。如果她必须放弃，她早就放弃了。然而，一九五六年是可怕的一年，她的左臂让她越来越难受。但她依然完成了戏剧《奇妙的平方根》，并在第二年上演。结果是一场灾难。难道她不该把更多的注意力放在小说《没有指针的钟》上吗？这次失败让她不知所措。她觉得自己不能再写了。她就像她的人物弗兰淇一样叹道："我的感觉真真切切，就像有人把我的整张皮给剥了下来。"

时间到了一九五八年，卡森既不抱希望也毫无计划。一位精神病专家朋友将卡森介绍给自己的同行，玛丽·默瑟博士，她在一九五三年搬到了尼亚克。这是一次决定性的会面。卡森对心理疗法颇为抗拒，本无意参与这场精神分析的冒险。因为卡森并不富裕，玛丽给每个疗程定价十美元。多亏她的治疗，卡森重新开始工作了。一九五九年夏天，卡森十分高兴，因为《没有指针的钟》的手稿已经过半。一九六〇年十二月一日，手稿完成。她耗费了十年的时间和巨大的心力才完成了这部作品。她上一本伟大的小说《婚礼的成员》完成于一九四六年，就在"重病时期"开始前。《没有指针的钟》献给了玛丽·默瑟，出版于一九六一年九月十八日，连续六个月排名畅销书榜的前六位。由此看来，卡森·麦卡勒斯一直拥有等待她的读者，以及声望。

当然，这又是一部关于南方的小说。在一个小镇里，有一位年迈的南方法官和他的孙子，以及一个年轻的黑人男孩——他有一双不知从哪儿混血来的蓝眼睛，另外还有一个四十岁时会死于白血病的男人。卡森·麦卡勒斯已经很久没回南方了，但正如她反复说的那样，生在南方，便永远属于南方，即使厌恶种族主义，厌恶它给黑人群体的日常生活带来的所有不幸。确切地说，《没有指针的钟》是卡森·麦卡勒斯最直面这个主题的作品。这是一本关于死亡和种族问题的书。有评论写道："她的意图，是在最深的层面，也就是人类灵魂最隐秘的皱褶里，与我们分享这个问题，因为问题就藏匿在那里。"一九六一年的那个秋天，没有哪家报纸不在谈论《没有指针的钟》。卡森·麦卡勒斯的作品还从未引起过那么多讨论。如果说英国方面的评价都是正面的，美国这里则褒贬不一。评论的文章通常很长，火力十足。《时代》杂志这样写道："死亡是卡森·麦卡勒斯小说公认的主题，但我们没有感觉到它黑暗、强大的存在。相反，我们只看到了这种缺乏生命的死亡仿冒品。"在《纽约客》上，人们甚至懒得分析，一则简短的评论总结说："谈到麦卡勒斯女士那扭曲、啰嗦的文字，便让人奇怪地联想到一张凌乱的床。"在读这些话的时候，我们尤其能感受到来自文学批评家们古怪的冷漠。

鉴于这一切，我们渴望记下戈尔·维达尔在《纽约记者》里的话，更何况人们知道他往往并不宽容，对卡森·麦卡勒斯更是如此："从技术上讲，它会让你屏住呼吸，看到麦卡勒斯如何设置一个场景，然后在上面钉上一个又一个角色，从一句话、一行字中萌发生命。"他认为，她的小说与福楼拜的《简单的心》相似："里面没有任何虚假的字符。她的文字天赋仍是我们文化中少有的、幸运的成就之一。"

然而，越来越多的人认为，《没有指针的钟》可能是卡森·麦卡勒斯最糟糕的一本书。是因为田纳西·威廉斯对它的喜爱不如前几本吗？是因为伟大的作家奥康纳讨厌它是“分崩离析的典范”吗？还是因为人们很难承认，一个被放弃又被拾起、一半手写一半口述的文本仍能神奇地保持其魅力、独创性和内在的音乐性？然而，当一个人了解了卡森遭受的痛苦，看见她面临死亡时的样子，那么他会在读第一句话时就被打动：“人终将一死，但死法千差万别。”在《没有指针的钟》的结尾，卡森·麦卡勒斯又写道：“可他的生机正离他远去，而在弥留之际，生活呈现出马隆从未知晓的井然之序，一切都变得简单。”尽管这最后的战斗取得了胜利，可她怎么能不想到这即将离她而去的生机？她同意接受一些记者的采访，他们试图不让她察觉出，她在他们眼中有多么脆弱。她身高一米七五，体重还不到四十五公斤。她在轮椅上费了好大力气才能站起来接待他们，为他们提供波旁威士忌，并用南方的方式问一句：“要给身体来点儿托迪酒吗？”

卡森·麦卡勒斯笔下的J.T.马隆，“他的气势、生命力已经消失了，而且他似乎也不再需要它们”。卡森并非如此。她想继续往前走，再坚持一下，出门转转，去百老汇看田纳西·威廉斯新戏的首映，去爱尔兰见约翰·休斯顿——他将《金色眼睛的映像》改编成了电影。一九六七年春天，她成功地进行了这次爱尔兰之旅。她在那儿待了一个星期。这是她最后的幸福时光。她被视为明星，但几乎连说话的力气都没有。她回来的时候，开心地在《纽约时报》里找到了一幅大肖像，标题写着“弗兰淇五十岁了”。她确实刚满五十岁。连美国总统都看她的小说。一九六七年对她来说似乎没有之前的两三年那么可怕了，但在八月十五日，她再次发生了严重的脑瘫。她完全瘫痪，不省人事。九月二十九日上午，昏迷四十七天后，她在尼亚克医院去世。人们意识到，一个短暂的人生结束了，她留下的作品数量不多却具有强大的生命力——几年后，她的作品出现在著名的“美国文库”中，就证明了这一点。

人们没有想到的是，虽然卡森·麦卡勒斯去世了，但她的作品并没有结束。她的妹妹玛格丽塔·史密斯曾在母亲去世时因遗产问题与卡森产生分歧。她决定将卡森的文章收集起来。她编辑了《抵押出去的心》并撰写了前言，这本书于一九七一年出版。这是一本小说、散文和诗歌的合集，其中收录了卡森·麦卡勒斯在十六岁时写的第一篇短篇小说《吸管》。在序言中，玛格丽塔·史密斯大量引用了田纳西·威廉斯对卡森的回忆文字，包括卡森的一些生活片段，尤其是她离开南方故乡到达纽约时遇到的困难。玛格丽塔提到她和卡森一起住过的房间，“面朝一片安第斯丁香和日本木兰”，她们还分享了“同一张红木床”。这是一个看似琐碎的细节，但如果我们知道卡森一生中多么害怕一个人睡觉，多么无法独自生活，这个细节就有了很多意义。在这本文集的引言里，玛格丽塔·史密斯强调，弗兰淇这个脆弱少女就是卡森·麦卡勒斯本人。在她眼里，这是最像卡森的一个角色。尽管发生了那些让她们产生隔阂的事情——尤其是她们的母亲对卡森有着明显的偏爱——玛格丽塔·史密斯在谈到她的姐姐时仍然带着深深的爱意，她回忆她那南方语调的甜美嗓音、她对“漂亮故事”的喜好，说“她美化了自己生活中最值得注意的瞬间”。在读《抵押出去的心》时，我们还能发现一件事：比她早几年出生的南方作家尤多拉·韦尔蒂擅长写短篇小说，长篇小说则欠佳，但卡森能完美地掌握这两种体裁。她最后一本文集就是如此。那是她一九五五年写的，当时她在基韦斯特，与田纳西·威廉斯一起。“再也不能写了”对她来说只是身体的问题，由疾病所致。她写作的欲望从未停止，思想或想象力也从未干涸。也许正是因为她所有作品中都流露出的这种能量，因为她永恒的敏感的青春，她打动了一代又一代青少年，他们从米克·凯利和弗兰淇的身上看到了自己的不安。而作为成年人，我们更是清楚地看到了她的才华、她的写作技艺、她风格中的音乐性。我们知道，她是二十世纪美国文学中最令人迷醉的声音之一。伟大的作家往往会被误解，因此他们的作品需要流传，需要捍卫，需要被阅读。

（郁梦非　译）

献给伊丽莎白·艾姆斯

第一部

一切从弗兰淇十二岁时那个绿色、疯狂的夏季开始。这个夏天，弗兰淇已经离群很久。她不属于任何一个团体，在这世上无所归附。弗兰淇成了一个孤魂野鬼，惶惶然在门与门之间游荡。六月的树有一种炫目的亮绿色，但再晚些时候叶子就变得发暗，小镇也黑下来，在太阳的烈焰下皱缩成一团。起初弗兰淇还四处走动，干这干那。镇里的人行道在清早和晚上灰扑扑的，中午的太阳为它们上了光，水泥路面仿佛在燃烧，闪亮如玻璃。最终人行道烫得让弗兰淇难以下脚。她老给自己惹麻烦，她私底下的麻烦是那么多，觉得还是待在家里为好——家里只有贝丽尼斯·赛蒂·布朗和约翰·亨利·韦斯特。他们三个坐在厨房的餐桌边，把同样的话说上一遍又一遍，于是到了八月间，那些话变得有声有调，听起来怪里怪气的。每到下午，世界就如同死去一般，一切停滞不动。到最后，这个夏季就像是一个绿色的讨厌的梦，或是玻璃下一座死寂而荒谬的丛林。然后，在八月最后一个星期五，一切都改变了，改变突如其来。下午一片空白，弗兰淇一直在困惑，她还是想不明白。

“真古怪，”她说，“就这样发生了。”

“发生了？发生了？”贝丽尼斯说。

约翰·亨利在一旁听，安静地看着她们。

“我从没这么迷惑过。”

“可你迷惑什么？”

“整件事。”弗兰淇说。

贝丽尼斯回应道：“我想你脑子准是被太阳烤糊了。”

“我看也是。”约翰·亨利轻声说。

弗兰淇自己几乎也要承认。当时是下午四点，厨房四四方方，寂静而灰暗。弗兰淇两眼微合，坐在桌边，心里想着一个婚礼。她看到一座静静的教堂，奇怪的雪花沿着彩色的窗斜斜滑落。婚礼中的新郎是她哥哥，他的面孔被一团光亮所取代。新娘也在那儿，拖着长长的白色裙裾，这位新娘同样也没有面孔。有些事情，关于这场婚礼的，给了弗兰淇一种无以名状的感觉。

“看着我，”贝丽尼斯说，“你忌妒了？”

“忌妒？”

“忌妒你哥哥要结婚？”

“没有，”弗兰淇说，“我只是从没见过像他们俩那样的人。今天看着他们走进来，感觉很怪。”

“你就是忌妒，”贝丽尼斯说，“去照照镜子。看你眼睛的颜色就知道。”

水池上方有一块水汽蒙蒙的镜子。弗兰淇照了照，但她的双眼是一贯的灰色。这个夏天她长得这么高，简直成了一个大怪物。她的双肩很窄，两腿太长，穿着一条蓝色运动短裤，一件BVD汗衫，赤着脚。她的头发剪得像男孩子，剪了没多久，短得还未两边分开。镜子里映像扭曲，但弗兰淇知道自己的模样。她耸起左肩，头转向一边。

“哦，”她说，“他们俩是我见过的最漂亮的人。我只是搞不懂事情是怎么发生的。”

“有什么事情，你这傻瓜？”贝丽尼斯说，“你哥哥带着他想娶的姑娘，今天回家来跟你和你爸爸吃了顿饭。他们打算这个星期天到她在冬山的家举行婚礼，你和你爸爸要去参加这个婚礼。事情不过如此。你到底在烦什么？”

“我不知道，”弗兰淇说，“我打赌他们每一分钟都很快乐。”

“那我们也找点乐子吧。”约翰·亨利说。

“我们找乐子？”弗兰淇问，“我们？”

他们重新在桌边坐下，贝丽尼斯为三人桥牌发牌。从弗兰淇记事起，贝丽尼斯就是厨娘。她很黑，肩膀很宽，个子很矮。她一直说自己是三十五岁，说了至少三年了。她的头发分开，编成辫子，抹了油紧贴着头皮，脸孔扁平安详。贝丽尼斯只有一个地方不妥——左眼是一颗浅蓝色的玻璃。它在她安静的黑脸上向外恣意地直瞪着。她怎么会要一只蓝色眼珠，那不是凡人能想明白的。她忧郁的右眼是黑色的。贝丽尼斯牌发得很慢，遇到扑克被汗粘在一起就舔舔大拇指。发牌时约翰·亨利每一张都看。他敞着胸，白色的胸脯湿湿的，脖子上用细绳拴着一只小小的铅驴。他是弗兰淇的近亲，她的亲表弟。这个夏天他要么和她一起吃饭，打发白天的时间，要么就和她共进晚餐，度过整个夜晚。她没法把他打发回家。他看上去不像已经有六岁了，却长着弗兰淇所见过的最大的膝盖，并且总有一边上面结着痂，或者贴着纱布，都是他自己摔倒擦破的。约翰·亨利有一张眉头紧皱的白白的小脸，架一副金丝边小眼镜，每一张牌都看得很仔细，因为他正输着，欠贝丽尼斯五百多万。

“我叫1红心。”贝丽尼斯说。

“1黑桃。”弗兰淇说。

“我要叫黑桃，”约翰·亨利说，“这是我要叫的。”

“嗯，那你不走运，我先叫了。”

“啊，你这蠢货！”他说，“这不公平！”

“别吵，”贝丽尼斯说，“老实说，我看你们都是乱叫，根本没什么好牌。我叫2红心。”

“我没吵，”弗兰淇说，“我无所谓。”

事实确实如此：那天下午她玩桥牌，就和约翰·亨利一样，不过是碰到什么就出什么。他们坐在厨房里，这丑怪的厨房让人意气消沉。墙壁上约翰·亨利的胳膊够得着的地方，都被他涂满了稀奇古怪的儿童画，这给厨房蒙上一种异样的色彩，就像疯人院里的房间。现在这间旧厨房让弗兰淇浑身不舒服。她身上到底发生了什么，弗兰淇不知道，但她能感觉到自己的心挤成一团，正敲打着桌子边缘。

“世界真的很小。”她说。

“为什么这么说？”

“我是说突然，”弗兰淇说，“这世界变得真快。”

“呃，我不知道，”贝丽尼斯说，“有时候快，有时候慢。”

“对我来说很快。”

直到昨天为止，弗兰淇还从不曾为一个婚礼费过思量。她早知道她唯一的哥哥，贾维斯，要结婚了。去阿拉斯加之前，他和一个冬山的女孩订了婚。贾维斯是一位下士，在阿拉斯加待了近两年。弗兰淇已经很久很久没有见过哥哥，他的面孔变得隔膜而变幻不定，就像看水底的一张脸。可是，阿拉斯加！弗兰淇不断地梦到它，尤其这个夏天，它变得格外地真切。她看到雪，看见冰冻的海洋，还有冰川。爱斯基摩人的冰屋，北极熊，和美丽的北极光。贾维斯刚离家到阿拉斯加时，她寄给他一盒自制的乳脂软糖，精心地包装，每一块都单独扎上蜡纸。想到她的糖会在阿拉斯加被吃掉，她就心中颤栗，眼前还出现哥哥在皮毛裹身的爱斯基摩人中间分发糖果的情形。三个月后，贾维斯寄来一封致谢信，里面夹着一张五美元的钞票。有一段时间她几乎每周都给他寄糖，有时候不是乳脂软糖而是奶油蛋白软糖，但贾维斯除了圣诞节再没寄过钱来。偶尔，他写给父亲的短信会让她稍有不安。比如说，这个夏天他有一次提到自己游泳，蚊子很凶。这封信搅乱了她的梦境，但几天的混乱过后，冰洋和白雪又重回梦中。贾维斯离开阿拉斯加后直接去了冬山。新娘名叫嘉尼丝·埃文斯。婚礼的安排如下：哥哥打电报来说，他和新娘将于周五回到家中待上一天，婚礼于随后的星期天在冬山举行。弗兰淇和父亲会参加婚礼，去到近百英里以外的冬山。弗兰淇已经打点好了行装。她热切期待着哥哥和新娘到来的那一天，但并没有想象他们的样子，也没有想那个婚礼。因此在他们到访之日前一天，她只是对贝丽尼斯说：

“我觉得这是一个离奇的巧合，贾维斯被派到阿拉斯加，而他相中的新娘偏偏来自一个叫冬山的地方。冬山，”她慢慢地又念一句，闭上眼睛，这个名字融入了阿拉斯加和冰天雪地的梦境，“我希望明天就是星期天，而不是星期五。我希望我已经离开镇子。”

“星期天总会来。”贝丽尼斯说。

“我很怀疑，”弗兰淇说，“我早就打算要离开镇子。我希望婚礼过后不用再回来。我希望我去别的地方，永远离开。我希望我有一百块钱，只管走人，不再见到这个小镇。”

“我觉得你的愿望好像不少啊。”贝丽尼斯说。

“我希望我是别人，反正不是我自己。”

这事发生前的那一天的下午，和八月其他的下午一样。弗兰淇在厨房里闲待着，向晚时来到院子里。房后的紫葡萄架在暝色中暗影沉沉。她慢慢地走着。约翰·亨利·韦斯特坐在八月葡萄架下的柳条椅里，交叉着腿，两手插在口袋中。

“你在干什么？”她问。

“想事情。”

“什么事？”

他没有回答。

这个夏天以来，弗兰淇要像往常那样钻葡萄架已经嫌太高了。其他十二岁的人还能在下面走来走去，做游戏，玩得很高兴。甚至一些矮小的成年女性也能在下面走动。而弗兰淇个头太大。今年她不得不像大人一样，只能在棚架外面溜达，采摘长在边缘的葡萄。她看着纠结的藤蔓，空气里有烂葡萄和尘土的气味。站在葡萄架边，暮色重重涌来，弗兰淇心中感到害怕。她不知道怕的是什么，但就是害怕。

“我说，”她说，“你和我一起吃饭过夜怎样？”

约翰·亨利从口袋里掏出他的小圆表，仿佛行不行得看时间。但葡萄架下太暗，他根本看不清上面的数字。

“回家跟派特姑妈说一声。我在厨房等你。”

“好的。”

她害怕。夜空灰蒙蒙空洞洞，厨房的灯光在渐黑的庭院里投下方形的黄色光影。她记得自己还是个小女孩的时候，相信煤房里住着三只鬼，其中一只戴着银戒指。

她跑上房后的阶梯说：“我刚刚叫了约翰·亨利来吃饭过夜。”

贝丽尼斯正在揉一块做饼的生面团，将它扔在扑满面粉的桌子上，“我以为你烦他呢。”

“我是烦他，”弗兰淇说，“但我觉得他好像很害怕。”

“害怕什么？”

弗兰淇摇摇头。“也许我的意思是孤单。”她最后说。

“嗯，我会给他预备一小块面。”

从暮色中的院子里回来，厨房显得火热、明亮而又奇怪。墙壁让弗兰淇难受——那些怪诞的图画：圣诞树，飞机，怪模怪样的士兵，花朵。约翰·亨利在六月某个悠长的下午，开始了他的第一幅创作，既然墙面已经毁了，无论何时，只要想画，他就继续画下去。有时候弗兰淇也画。起初她父亲为此暴跳如雷，但后来就叫他们尽情地把想画的都画出来，反正到秋季把墙壁再刷一遍就是了。但是夏日连绵不断，没有尽头，这些墙开始烦扰弗兰淇。这个晚上厨房看起来很是怪异。她感到害怕。

她站在门口，说：“我只是觉得还是邀请他来的好。”

于是晚上约翰·亨利拎着一只周末旅行袋来到后门。他穿着一套白色的表演服，鞋袜整齐，腰带上扣着一把匕首。约翰·亨利见过雪。他虽然只有六岁，但去年冬天到过伯明翰，在那儿看到了雪。弗兰淇还从来没有看见过。

“袋子给我，”弗兰淇说，“你可以先做一个小人饼。”

“好。”

约翰·亨利没有把玩面团。他煞有介事地做着饼人，时不时地停一停，用小手扶扶眼镜，仔细打量自己的作品，就像一个小小钟表匠。为操作方便，他拉了一张椅子，跪在上面刚好够高。贝丽尼斯给他一些葡萄干，换了任何其他的孩子，准会黏得到处都是，但他只用两颗来做眼睛，但马上就发现太大了——于是他细细地将一粒葡萄干分作两只眼睛，再弄出两小点算是鼻子，然后还有一张咧开的葡萄干嘴巴。完工后，他在短裤的后屁股上擦擦双手。眼前摆着一个人形的糕饼，有叉开的手指，顶着帽子，甚至还拿着手杖。约翰·亨利做得十分卖力，面团变得脏兮兮、湿答答的。不过那是一个很棒的饼人，而且，事实上，它让弗兰淇想到约翰·亨利自己。

“我还是先陪你玩儿吧。”她说。

他们在厨房和贝丽尼斯一块儿吃晚餐，因为父亲来电话，说是要在他的珠宝店里工作到晚些时候。贝丽尼斯把饼人从烤炉里拿出来，他们看到它与其他孩子做的饼人一般无二——胀得那么厉害，约翰·亨利的劳作全然走了形，手指粘在一块，手杖成了尾巴一样的东西。但约翰·亨利只是隔着眼镜瞧了瞧，用餐巾擦两下，便开始在它的左脚上涂抹黄油。

这是一个炎热黑暗的八月夜晚。餐厅里的收音机几个台搅在一起：战争新闻夹杂着含混的广告，隐约传出一支轻音乐队的有气无力的曲子。收音机开了整个夏天，最终他们已经充耳不闻。有时候声音太大，吵得他们快聋了，弗兰淇就会关小一点。其他时间，收音机里音乐和人语彼此往来缠绕，到八月时节他们就不再理睬它了。

“你想做什么？”弗兰淇问，“要不要我读汉斯·布林克的故事给你听，还是干点儿别的？”

“我想干点儿别的。”他说。

“什么？”

“我们出去玩儿吧。”

“我不想。”弗兰淇说。

“今晚好多人会在外面玩。”

“你有耳朵，”弗兰淇说，“听到我说什么了。”

约翰·亨利直着他的大膝盖站在那儿，然后说：“我想我还是回家吧。”

“你还没过夜呢！你可不能这样吃完饭就跑。”

“这我知道。”他安静地回答。收音机继续响着，他们能听到孩子们在夜色中玩闹的声音。

“可咱们出去吧，弗兰淇。他们好像玩得很开心呢。”

“没有，他们没有，”她说，“只是一帮讨厌的傻小孩，没完没了地跑来跑去，大喊大叫，一点都不好玩。我们现在上楼收拾你的袋子。”

弗兰淇的房间其实是一个在房子上后加的卧廊，有楼梯向下通到厨房。房间里摆着一张铁床，一个衣柜和一张书桌。弗兰淇还拥有一台小马达，能开能关。这玩意儿能磨刀，如果指甲够长的话，还能用来锉指甲。靠墙放着为冬山之旅准备好的行李箱。桌上有一部很旧的打字机，弗兰淇在它面前坐下，搜肠刮肚找可以写的信：但她无人可寄，每一封能回的信都已回复，甚至回过几次。于是她用一件雨衣盖住打字机，将它推到一边。

“说真的，”约翰·亨利说，“你不觉得我还是回家好吗？”

“不，”她回答说，没有看他，“你坐在那个角落里玩马达吧。”

在弗兰淇面前有两样东西——一只淡紫色的贝壳，和一只里面有雪花的玻璃球，摇一摇能摇出一场暴风雪。把贝壳举到耳边，她听到墨西哥湾温暖的海浪冲刷之声，想起了远方长满绿色棕榈的岛屿。把玻璃球举到眯缝的眼前，白雪飞舞，天地茫茫一片。她想到了阿拉斯加，她登上一座寒冷的白色山冈，俯瞰远处冰雪覆盖的荒原。她看到太阳在冰面上映照出七彩虹光，听到梦幻般的声音，看到如梦的景物。无处不是清凉、洁白、轻柔的雪。

“看，”约翰·亨利盯着窗外，“我想大女孩们正在俱乐部里开派对呢。”

“嘘！”弗兰淇突然叫喊起来，“别对我提那些坏种。”

附近有家俱乐部，弗兰淇不是会员。会员是那些十三岁、十四岁以至十五岁的女孩子们。星期六晚上她们就和男孩子开派对。弗兰淇认识所有的会员，今夏以前她还仿佛是这群人中的一个低龄成员，但如今她们成立了这个俱乐部，而她却不是其中一员。她们说她年龄太小，人又讨厌。每到周六晚上，她就能听到那揪心的音乐声，远远地看到那一点灯火。有时她绕到俱乐部后面的小巷，站在忍冬花的篱笆跟前。她站在巷子里，看着，听着。真长，那些派对。

“也许她们会改变主意，邀请你。”约翰·亨利说。

“那些狗娘养的。”

弗兰淇发出一声抽泣，用臂弯抹了抹鼻子。她走到床边坐下，肩膀下垂，两肘支在膝盖上。“我猜她们已经传遍了全镇，说我有臭味，”她说，“那时我长疖子，涂了难闻的黑药膏，老海伦·弗莱彻问我发出的怪味儿是什么。啊，我不怕给她们一人一枪。”

她听到约翰·亨利向床边走来，然后感觉到他的小手拍在后颈上，一下一下轻悄悄地拍着。“我不认为你有那么不好闻，”他说，“你很香。”

“那些狗娘养的，”她又说了一次，“还有，她们说些关于结了婚的人的肮脏的鬼话。想想派特姑妈和尤斯塔斯姑丈！还有我自己的爸爸！那些肮脏的鬼话！她们以为我有多傻呢。”

“你一走进屋子我就能闻到你，都不用看是不是你。像一百朵花儿。”

“我不在乎，”她说，“我就是不在乎。”

“像一千朵花儿。”约翰·亨利说，他潮乎乎的小手还在拍着她低垂的脖子。

弗兰淇坐直身子，舔去唇边的泪珠，用衬衫下摆擦净了脸。她一动不动地坐着，鼻翼张开，闻自己的气味。然后她走到行李箱前，拿出一瓶“甜美夜曲”，搽了一点在头顶，又倒了一些在衣领里。

“你也想来一点吗？”

约翰·亨利蹲在打开的箱子边，她把香水洒在他身上，他轻轻打了个哆嗦。他想翻她的旅行箱，把所有东西都看个仔细。但弗兰淇只想让他囫囵看上一眼，不要他件件看个明白，知道自己有什么缺什么。于是她扣好箱子，把它推回去靠墙放好。

“好家伙！”她说，“我打赌我用的香水比镇上谁都多！”

房间很安静，只有楼下餐厅的收音机传来絮絮低语。父亲回来好半天了，贝丽尼斯已关好后门走了，夏夜里孩子们的声音也沉寂下来。

“我想我们应该好好玩一玩。”弗兰淇说。

但根本没什么可干。约翰·亨利站着，膝盖挺直，两手背在身后，戳在屋中央。窗户上有飞蛾——灰绿色的、黄色的蛾子，在窗口拍打着，舒展翅膀。

“这些漂亮的蝴蝶，”他说，“它们想进来。”

弗兰淇看着柔弱的飞蛾扑闪翅膀抵在纱窗上。这些飞蛾每晚迎着她桌上的灯光而来。它们从八月的夜色中飞出，鼓翼紧贴在窗外。

“它们这样飞来，”她说，“在我看是命运的讽刺。这些飞蛾飞到哪儿都行，却偏偏缠着这房子的窗户。”

约翰·亨利伸手扶扶金丝边镜框，将眼镜架稳在鼻梁上。弗兰淇端详他扁扁的长雀斑的小脸。

“把眼镜拿下来。”她突然说。

约翰·亨利取下眼镜在上面吹了吹气。透过镜片，房间在她眼里变得扭曲游移。她把椅子推后，盯着约翰·亨利。他的两只眼睛周围都有一圈潮湿的白色印子。

“我打赌你不需要这副眼镜。”她说。她把手放在打字机上。“这是什么？”

“打字机。”他说。

弗兰淇拿起贝壳。“这个？”

“海滩上的贝壳。”

“地上爬的小东西是什么？”

“哪里？”他边四下里看边问。

“在你脚附近爬的小东西。”

“噢，”他说着蹲下身去，“啊，一只小蚂蚁。奇怪，它是怎么爬上这儿来的。”

弗兰淇斜靠在椅子里，光脚交叉伸在桌面上。“是我的话，就把眼镜扔了，”她说，“你的视力比谁都不差。”

约翰·亨利不说话。

“这眼镜不合适。”

她把叠好的眼镜递给约翰·亨利。他拿出一块法兰绒眼镜布擦了擦，重新架好，没有回答。

“好吧，”她说，“随你便。告诉你是为你好。”

他们上了床。两人背对背脱了衣服。弗兰淇关了马达和灯。约翰·亨利跪下做晚祷，悄无声息地祈祷了很久，然后在她身边躺下。

“晚安。”她说。

“晚安。”

弗兰淇直直地看着眼前的黑暗。“你知道吗，我还是很难相信，这个世界在以大概一小时一千英里的速度旋转。”

“我知道。”他说。

“不明白为什么当你跳到半空，落下来的时候不在费尔维尤，或者塞尔马，或者五十里以外的什么地方。”

约翰·亨利翻一个身，声音里睡意浓重。

“或者是冬山，”她说，“我希望现在就出发去冬山。”

约翰·亨利已经睡着，她听到他在黑暗中呼吸。现在，那年夏天的许多个夜晚她所盼望的事情已经实现。有人正陪她一起睡。她躺在黑暗里，细听他的呼吸，过了一会儿，用胳膊肘撑起身子。他小小的身体在月光下安睡，雀斑清晰可见，白色的胸脯袒露着，一只脚从床边耷拉下去。她将手小心地放在他肚子上，向他靠近一些。他的身子里面好像有一只小小的钟正嗒嗒地走，汗味和“甜美夜曲”混合，他闻起来像一小朵馊玫瑰。弗兰淇俯下身，舔了舔他耳朵后面，然后长吸一口气，把下颏抵在他汗湿的瘦肩膀上躺下，闭上双眼：此刻，有人在黑暗中陪着她睡，她没那么害怕了。

第二天太阳早早把他们唤醒，白亮的八月的太阳。弗兰淇不能打发约翰·亨利回家。他看到了贝丽尼斯正在做的火腿，团圆饭看来会很不错。弗兰淇的父亲在卧室看报纸，然后要到镇上他的珠宝店给钟表上发条。

“如果我那位哥哥不从阿拉斯加给我带一份礼物回来，我真会气疯的。”弗兰淇说。

“我也是。”约翰·亨利附和道。

她哥哥带新娘返家的那个八月的上午，他们在做什么呢？他们坐在葡萄架的阴凉里，谈着圣诞节。阳光猛烈地直泻，晃人眼睛，饱饮阳光的蓝樫鸟对着同伴啼叫呢喃。他们聊着天，语调渐渐低沉，同样的话重复又重复。他们就这样枯坐在阴凉里，打着瞌睡，那时候的弗兰淇还从未细想过某个婚礼。哥哥和新娘走进家门的那个八月的上午，情形就是这样的。

"啊，上帝！"弗兰淇叫道。桌上的扑克油腻腻的，斜阳照在院中，"这世界真是快。"

"哦，别再说了，"贝丽尼斯说，"你心思不在牌上。"

然而，弗兰淇还是有一部分心思在牌上的。她打出黑桃王后，黑桃是主牌，约翰·亨利扔出一张小小的方块2。她看着他，他正紧盯她的手背，好像一心巴望有拐弯的视线，可以绕过去看到别人手里的牌。

"你有黑桃。"弗兰淇说。

约翰·亨利把小铅驴塞进嘴里，眼睛看到别处去。

"赖皮。"她说。

"出呀，出你的黑桃。"贝丽尼斯说。

这下他分辩道："它给别的牌挡住了。"

"赖皮。"

可他还是不肯出，沮丧地坐着。牌局卡在他这儿。

"快点。"贝丽尼斯催促道。

"我不干，"他终于说，"这张是杰克。我的黑桃只有这张杰克了，我不想把它跟在弗兰淇的王后后面，我就不出。"

弗兰淇把手里的牌扔到桌面上。“瞧!”她对贝丽尼斯说，“他连最基本的规则都不遵守！他还是个孩子！没救了！没救了！没救了!”

“也许是吧。”贝丽尼斯说。

“啊,”弗兰淇说，“我要烦死了。”

她光脚踩在椅子的横档上，闭着双眼，胸口抵在桌边。油腻腻的红色扑克牌乱摊在桌上，这副样子让弗兰淇作呕。每天下午吃完饭后他们都玩牌。如果你肯去尝尝那些旧扑克，味道会是整个八月他们所吃的饭食的总和，再加上手汗的恶心味儿。弗兰淇从桌上扫开扑克。那婚礼明净而美好，如白雪一般，她的心都碎了。她从桌边站起来。

“灰眼睛的人好忌妒，这事千真万确，谁都知道。”

“告诉过你我不是忌妒,”弗兰淇快步在屋里绕圈子，“既然我没有忌妒他们俩，就不可能忌妒他们中的哪一个。我把他们俩合在一起看。”

“嗯，义兄结婚的时候我就忌妒了,”贝丽尼斯说，“我承认，约翰娶克劳丽娜的时候我威胁说要扯下她的耳朵。但你瞧，我没这么干。克劳丽娜耳朵好好的，和别人一样。现在我还挺喜欢她。”

“J和A,”弗兰淇说，“嘉尼丝和贾维斯。这不奇怪吗?”

“什么?”

“J和A,”她说，“他们名字的前两个字母都是J和A。”

“然后呢？那又怎样?”

弗兰淇围着厨房桌子转了又转。“我的名字叫简就好了,”她说，“或者洁丝敏。”

“我不明白你的心思。”贝丽尼斯说。

“贾维斯，嘉尼丝，洁丝敏，明白了吗？”

“不明白。”贝丽尼斯说，“对了，我今天早上听收音机说，法国人正把德国人赶出巴黎。”

“巴黎，”弗兰淇机械地应了一句，“不知道改名字或者加个名字违不违法。”

“不用说，违法。”

“嗯，我不管，”她说，“弗兰淇·洁丝敏·亚当斯。”

通向她房间的楼梯上有只娃娃，约翰·亨利拿起它走到桌边，抱在怀里摇晃。“你送给我时可是当真的。”他说。他掀开娃娃的裙子，摆弄里面有模有样的内裤和胸衣。“我打算叫她贝儿。”

弗兰淇盯着娃娃瞧了一会儿。“不知道贾维斯是怎么想的，给我带回一个布娃娃。想想啊，竟然给我一只娃娃！嘉尼丝还想解释，说她把我想成了一个小姑娘。我还指望贾维斯带些阿拉斯加的东西给我呢。”

“你打开礼物时脸色可真够瞧的。”

这是个大个头的娃娃，红头发，黄睫毛，瓷眼睛能开能合。约翰·亨利抱着它，给它摆了个躺着的姿势，它的眼睛便合上了。他又拉它的睫毛，想让它睁开眼睛。

“别这样！弄得我不自在。还有，别让我看见她。”

约翰·亨利把它放到后门口，回家的时候好带走。

“她叫丽丽·贝儿。”他说。

时钟在壁炉上方的架子上滴滴答答走得很慢，还差十五分到六点。窗外明晃晃的太阳灼热依旧。后院葡萄架的影子已经浓得化不开。一切凝滞不动。远处的某个地方传来口哨声，是一支唱不完的忧伤的八月之歌。每一分钟都很漫长。

弗兰淇又走到厨房的镜子前，看自己的脸。“我犯的大错就是剪了这个板寸头。我应该有一头长长的浅黄色头发，好出席这个婚礼。你觉得呢？”

她站在镜子前，心里发慌。对弗兰淇而言，这是一个满心忧惧的夏天。有一种心慌可以趴在桌上用纸笔算出来。到这个八月，她已经十二岁零十个月，身高五英尺五又四分之三英寸，穿七号鞋。去年她长了四英寸，或至少她是这样估计的。夏天里可恶的顽童已经对她叫喊：“那上面冷不冷呀？”而大人们的议论更让弗兰淇膝盖发颤。如果她长个儿长到十八岁，前面还有五年零两个月在等着。这样一算，除非她能想办法阻止自己，否则身高将超过九英尺。一位超过九英尺高的小姐是个什么样儿？她会是个怪物。

每年初秋，察塔胡契博览会都会来镇上举办。十月展会在市集的场地上举行整整一周。有摩天轮，旋转飞人，镜宫——还有，怪人宫。怪人宫是一顶长长的帐篷，里面成行排列着一个个小隔间。花二十五美分进入大帐，然后就可以参观每个隔间里的怪物。在帐篷的后部还有特别展品，每一项要花一角钱。弗兰淇去年十月把怪物屋里的成员都看了个遍：

巨人

超级肥婆

侏儒

黑野人

针头人

鳄鱼男孩

阴阳人

巨人高逾八英尺，晃荡着一双巨灵掌，下颚松垂。超级肥婆坐在一张椅子里，身上的肥肉就像洒了粉的生面团，她还一直用手又拍又弄——隔壁是穿着花哨晚礼服的矮侏儒，踩着碎步扭扭捏捏地走。黑野人来自一个蛮荒的岛屿，他蹲在帐中，身边堆着积满灰尘的骨头，以及棕榈叶子。他还活吃老鼠。谁有不大不小的老鼠，展会就允许他免费参观野人的表演。所以孩子们随身带着老鼠，用结实的麻袋和鞋盒装着。黑野人把老鼠的头在他弯着的膝盖上一磕，然后撕开毛皮，嘎吱作响地狼吞虎咽，眼里闪着贪婪的光。有人说他不是真正的黑野人，不过是塞尔马的一个黑人疯子。不管怎样，弗兰淇不喜欢多看他。她挤过人群，去参观针头人，约翰·亨利整个下午都站在这儿。小针头人上蹿下跳，叽叽嘎嘎傻笑，向周围的人群说着粗话，缩了水的头大不过一只橙子，剃得溜光，只在头顶留下一绺头发，用粉色蝴蝶结扎住。最后一间永远人头涌动，这儿展出的是半男半女，一个阴阳人，也是科学上的奇观。这个怪物完全由两半拼合而成——左边是男，右边是女。左边穿着半面豹皮纹衣服，右边是乳罩和亮闪闪的裙子。左边脸长着黑胡须，右边脸则白花花地涂着脂粉。两只眼睛同样地怪异。弗兰淇逛遍了整个大帐，每个隔间都看过。所有的怪物都让她感到可怕，因为她觉得他们都在向她偷偷张望，试图用眼神与她交流，仿佛在说：我们认识你。她很怕他们长长的怪眼，整整一年都忘不掉他们，直到今天。

“我不知道他们结过婚，或者参加过婚礼没有，”她说，“那些怪物。”

“你说什么怪物？”贝丽尼斯问。

“博览会上的，”弗兰淇说，“去年十月我们看的那些。”

“哦，那些家伙。”

“不知道他们是不是赚很多钱。”她说。

贝丽尼斯回答说：“我怎么知道？”

约翰·亨利撩起假想中的裙子，同时伸出一根手指点在自己大头的头顶，学针头人的样子绕着桌子又跳又舞。

他说：“她是我见过的最有趣的姑娘，我这辈子还没见过这么有趣的东西。你呢，弗兰淇？”

“不，”她说，“我不觉得她有趣。”

“我也不觉得。”贝丽尼斯说。

“哼！”约翰·亨利争辩道，“她就是有趣。”

“如果想听我的实话，”贝丽尼斯说，“展会里面那群家伙只会让我浑身起鸡皮疙瘩，个个都算上。”

弗兰淇在镜子里望着贝丽尼斯，终于嗫嚅地问：“我有没有让你起鸡皮疙瘩？”

“你？”贝丽尼斯问。

“你觉得我会长成一个怪物吗？”弗兰淇低声问道。

“你？”贝丽尼斯又问一次，“怎么会，当然不会，我相信上帝。”

弗兰淇好受了些。她侧过脸看看镜中的自己。时钟缓缓敲响六下，她说："那，你觉得我会长得好看吗？"

"有可能。如果你把脚上的硬茧锉掉一两寸的话。"

弗兰淇左脚站立，慢慢在地上蹭右脚的前脚掌，她感到皮下扎进了一根刺。"说正经的。"她说。

"我想等你胖一点儿就会很棒。你还得听话学乖。"

"可是在星期天之前，"弗兰淇说，"我就想把自己弄好一点，出席婚礼。"

"想改变就要整洁。把胳膊肘搓干净，好好收拾打扮一番，就会蛮好的。"

弗兰淇最后看了一眼镜中的自己，转过身来。她想着哥哥和新娘，胸中兀自发紧，化解不开。

"我不知道怎么办好，能死掉就好了。"

"啊，那就死吧！"贝丽尼斯说。

"死吧。"约翰·亨利细声细气跟了一句。

世界骤然停顿。

"回你家去。"弗兰淇冲约翰·亨利说。

他紧绷着大膝盖站着，邋遢的小手扶在白色桌子边，没有动。

"你听清楚了。"弗兰淇说着，恶狠狠地瞧着他，伸手抓起炉子上方挂着的煎锅。她追着他绕了桌子三圈，然后追过前厅，一直出了大门。她锁上前门，又吼了一声："回你家去！"

"你怎么成了这个样子？"贝丽尼斯说，"你坏得没边，还不如死了。"

弗兰淇打开通向她房间的楼梯的门，坐在下面的台阶上。厨房死气沉沉，怪异而阴郁。

“我知道，”她说，“我要一个人静静坐一会儿，好好把这一切想一想。”

就是在这个夏天，弗兰淇开始为自己是弗兰淇感到厌恶和腻味。她恨自己，她成了一个闲人，一个终日泡在厨房的废物点心：又邋遢又贪心，心地又坏，情绪又差。除了坏到不配活着之外，她还是个罪犯。如果警察知道她所做的事，她将会受到审判，并锒铛入狱。而弗兰淇并非生而是个罪犯，或者一个大废物。在今年四月以前，在那以前的所有日子，她也是一个普通人。她是一个小圈子的成员，是七年级学生，周六的上午帮父亲干活，每到下午都会去看场电影。她不是那种会担惊受怕的人。在晚上她和父亲一起睡，不过并不是因为怕黑。

这一年的春季漫长而费解。事物发生改变，弗兰淇却不明所以。平淡苍白的冬季过后，三月的风将窗玻璃吹得砰砰作响，蓝天上白云縠纹缕缕。这年四月来得迅速而轻悄，树木的新绿是那么活泼鲜亮，浅淡的紫藤把它们的花儿开遍了小镇，随后花瓣便无声无息地四散凋零。有些东西，和这些绿色的树、四月的花有关，让弗兰淇伤感。她不明白自己是怎么了，但正是这种愁思，让她开始意识到自己必须离开这座小镇。她留心战争的消息，想着外面的世界，并打点好箱子，准备上路。然而她不知道自己将去往何处。

这一年弗兰淇开始关注世界。她并没有将之等同于学校里疆域清晰、色彩斑斓的地球仪。在她的意念中世界巨大、分裂而飘零，以一千英里的时速飞旋。学校的地理课本已经过时，世界的国家划分已经改变。弗兰淇通过报纸了解战争消息，但上面有太多的外国地名，而战争的发展又是那么迅速，她常常看不懂。在这个夏天巴顿追击德国人穿越了法国，俄国、塞班岛也同时在开战。军队和战争好像近在眼前。但不同的战役太多，数以百万计的士兵也难以在她脑中尽数浮现。她看到一个快冻僵的俄国大兵带着一杆冷硬的枪，面目黝黑，立在俄国的冰天雪地中。丛林覆盖的岛屿上，一个吊眼梢的日本鬼子在青绿的藤蔓间滑行。欧洲，被吊在树上的人们，蓝色洋面上逡巡的战舰。四引擎的飞机，燃烧的城市，一个士兵，头戴钢盔，发出笑声。有时候，这些关于战争以及世界的图景在她脑中盘旋，让她直发晕。很久以前她做出预测，要赢得战争的全面胜利还需两个月，但现在她不敢说了。她想当男孩，做一个海军陆战队员投身战争。她想象着驾驶飞机以英勇表现获得金质勋章。但愿望无法实现，这让她有时候心神不定，情绪低落。她决定给红十字会献血，一星期一夸脱。那么她的血将流淌于澳大利亚人，以及战斗中的法国人、中国人的血管中，遍布整个世界，由此她就会觉得自己像是所有这些人的至亲。她能听到军医说，弗兰淇的血最红、最强健，他们闻所未闻。她展望未来，看到自己与身上流淌着她的血的士兵在战后相会，他们会说她是救命恩人，他们不会叫她弗兰淇，而是叫她亚当斯。但为战争献血的计划没有实现。红十字会不接受，她年纪太小了。弗兰淇气疯了，觉得自己孤苦伶仃，四处碰壁。战争和世界这两样事物，都太过动荡、太过浩大，都是那么让人想不明白。长时间地思索世界的事让她暗暗心惊。她不是怕德国人或者炸弹或者日本人，她害怕，是因为战争拒绝她的参与，因为世界似乎不知何故将她抛在了一边。

因此她深知自己必须离开小镇，远走他方。那年晚春慵懒甜腻，让人难以消受。那些个漫长的下午，无休无止，鲜花开放，绿色的香气令她胸中烦恶。这个小镇开始伤弗兰淇的心。以前纵使倒霉难过，弗兰淇也从不流泪。但就在这一季，很多东西都让弗兰淇有哭的冲动。有时她会清早出去，在院子里伫立良久，凝望日出的天空。此时仿佛有一个问题摆在她心上，而天空缄默不答。一些以前从不经意的事情让她难过：夜里站在人行道上看到的灯火，小巷深处传来的陌生的声音。她会凝神注视，或侧耳倾听，心中不知是些什么在慢慢凝聚，在暗自期待。但灯光将要熄灭，声音也会沉寂，纵然她继续等待，也不再有动静。她很怕这种情形，让她顿时迷惘，不知道自己是谁，她在这世上会变成什么样，为什么此刻她会这样站着，看着一点灯光，听着一点声音，或抬头仰望天空——孤单一人。她很害怕，胸口奇怪地发紧。

四月的一个晚上，她和父亲准备上床睡觉。他看着她说了句话，完全突如其来："这个还想跟老爸爸睡的、老大不小的十二岁长腿笨瓜是谁呀。"于是，她已经大到不能再和父亲同睡了，不得不独自睡在楼上自己的房间里。她开始对父亲心怀怨气，两人总是斜眼相看。她不喜欢待在家里。

她在镇里游荡，所见所闻不知何故，总是只鳞片爪，不知所终，而她胸中的憋闷也一直挥之不去。她会胡乱找些事情来做，但结果总是做错。她给最好的朋友伊芙林·欧文打电话，伊芙林有一套球衣，和一条西班牙披肩。她们俩一个穿上球衣，另一个披着披肩，一起去镇里的十文店。但这是一个错误，也并非弗兰淇真想做的事。苍白的春日黄昏过后，空气中弥漫着尘土的气息和花朵甜而涩的香气，傍晚被灯光点亮的窗，开饭时拖长声调的呼喊，烟囱雨燕在小镇上方成群盘旋，飞向不知在何处的巢窠，剩下空荡荡的天空愈发辽阔。这一季的黄昏拖得很长，弗兰淇已经绕遍了镇里的人行道，此时有一种伤感，爵士乐般的伤感，摇撼着她的神经，她的心抽紧，几乎停止跳动。

因为无法摆脱心中郁结，她会惶惶然做些什么。她回家像疯子戴帽一样把煤桶顶在头上，绕厨房桌子转圈。她想到什么就做什么——但做什么就错什么，而且完全与初衷不符。然后，这些傻事做完后，她会站着，厌恶而又空虚，在厨房门楣下说：

“我真想把整个镇子捣个稀烂。”

“呃，那就捣吧，别只是哭丧着脸站在这儿，去做呀。”

而后麻烦开始了。

她干了一些事，还将自己陷进麻烦里。她触犯了法律。并且在第一次以身试法后，她便一而再，再而三地做些违法的事。她从父亲的五斗橱抽屉里拿走了手枪，带着它满街逛，并在一片废弃的空地上开火射击。她沦落成为一个窃贼，从西尔斯—罗伯克商店里偷走了一把三折刀。五月一个星期六的下午，她犯下了一宗秘密的、无以名状的罪过。在迈基恩家的车库，和巴尼·迈基恩一起，他们犯下一桩别样的罪行。到底坏到什么地步，她现在还不清楚。这罪让她的胃有一种痉挛似的恶心，她怕看所有人的眼睛。她恨巴尼，想杀死他。有时候夜里一个人躺在床上，她便计划着用枪射他，或在他两眼之间扎上一刀。

她最好的朋友，伊芙琳·欧文搬到了佛罗里达，弗兰淇再没和其他人玩。长长的开满鲜花的春天结束了，小镇的夏天丑陋、孤寂而炎热。她想离开的心一天比一天炽烈：远走高飞到南美，好莱坞，或者纽约。但虽然她已经多次打点行装，却一直拿不定主意到底应该选哪一个地方，以及单凭一己之力怎样才能去到。

因此她就待在家，困在厨房里。苦夏永无尽头。到三伏天时，她已经五英尺五又四分之三英寸高，是一个彻头彻尾好吃懒做的大废物，而且还坏得没治了。她害怕，但已和从前不同，只余下对巴尼、父亲，以及法律的畏惧。而就算是这些畏惧最终也消于无形。时日已过，迈基恩家车库里的罪行已经变得很遥远，除非做梦，早已忘记。她也不再去想父亲和法律的事。她在厨房与约翰·亨利和贝丽尼斯终日厮混，不再思考战争和世界。现在没有什么事能叫她伤感，她已不关心。她再没有独自于黑暗的后院仰望天空，她对声音和夏天里的动静无动于衷，夜里也不到街上游荡。她不让外界触动，什么都不在乎。她吃吃喝喝，写剧本，在车库边练习掷飞刀，在厨房桌上玩桥牌。每一天都与前一天雷同，除了更漫长。她对任何事都不动容。

因此事情发生的那个星期天[1]，当哥哥和新娘到家后，弗兰淇知道一切都已改变。但为什么会这样，接下来在她身上又会发生什么事，她不知道。尽管她试着跟贝丽尼斯说，但贝丽尼斯也不懂。

“这让我有种好痛苦的感觉，”她说，“想到他们就会这样。”

---

① 原文如此。

“呃，那就别想，”贝丽尼斯说，“整个下午你什么都没干，净想着他们，念叨个没完。”

弗兰淇坐在通向自己房间的楼梯底层，呆呆看着厨房里的空气。纵然是想来痛苦，她也还是要思忖这个婚礼的事。她回忆起自己走进客厅时，哥哥和新娘的样子。那是早上十一点钟，房间里有一种突如其来的安静，因为贾维斯进来时关掉了收音机。长夏之后，随着收音机夜以继日地喧哗，已经没有人再听得到它，而这从天而至的寂静让弗兰淇不知所措。她从门厅进来，站在门口，一看到哥哥和新娘，一颗心就如受电击。是他们俩共同在她心上造成了这种感觉，无可名状，但和春天时的感受一样，只是更尖利，更叫人猝不及防。那一模一样的胸口发紧，一模一样的不可理喻的恐慌，再次出现。弗兰淇百思不解，直到头晕脑涨，两脚发麻。

她问贝丽尼斯：“你和第一个丈夫结婚的时候多大年纪？”

弗兰淇苦思冥想之际，贝丽尼斯已经换上了周末的衣服，现在正坐着看杂志。她在等六点钟与她有约的人：哈尼和T.T.威廉姆斯。他们三人要去新都会茶室吃晚饭，然后一起在镇里逛逛。贝丽尼斯看书时嘴唇掀动，逐字逐句地读。听到弗兰淇说话，她的黑色眼珠就朝上看，但是，由于贝丽尼斯没有抬头，那只蓝玻璃的眼珠好像还自管自地看着杂志。这张两股视线分道而行的脸让弗兰淇感觉不安。

“我十三岁。”贝丽尼斯说。

“为什么你这么年轻就结婚？”

“因为我愿意，”贝丽尼斯说，“那时我已经十三岁，从那以后再没长高过一丁点儿。”

贝丽尼斯很矮。弗兰淇紧紧地盯着她看，然后问："真的是结婚让你不再长高吗？"

"当然了。"贝丽尼斯说。

"我不知道有这种事。"弗兰淇说。

贝丽尼斯结过四次婚。她的第一任丈夫叫鲁迪·弗里曼，一个泥瓦匠，四个人中她最爱也是最好的一位。贝丽尼斯的狐皮就是他送的，有一次他们还到辛辛那提去看雪。贝丽尼斯和鲁迪·弗里曼在北方看了一个冬天的雪。他们彼此恩爱，过了九年，直到那年十一月他一病不起。其他三任丈夫都很糟糕，而且一个比一个差，光是提到他们就足以让弗兰淇郁闷。第一位是个差劲的老酒徒。第二位为贝丽尼斯颠倒痴狂：他行事也疯狂，晚上梦见吃东西，结果把床单吞了一个角。这样那样的事情层出不穷，让贝丽尼斯惊惶不已，只好离开他。最后一位丈夫很可怕。他用指头抠出了贝丽尼斯的一只眼睛，又把她的家具偷走。她不得不去法院告他。

"你每次结婚都戴面纱吗？"弗兰淇问。

"有两次戴了。"贝丽尼斯回答说。

弗兰淇停不下来。她在厨房里转着圈子，也不管自己右脚扎了刺，走得一跛一跛的。她的拇指勾在短裤的腰带上，汗衫又湿又黏。

终于她拉开橱柜的抽屉，挑出一把长而锋利的切肉刀，然后坐下来，扎刺那只脚的脚踝架在左膝上。弗兰淇又瘦又长的脚板上坑坑洼洼，满是粗糙发白的疤痕，每年夏天弗兰淇都会踩好多次钉子。弗兰淇有着全镇第一硬的脚，能从脚底削下黄蜡一样的茧皮而浑若无事，换作别人会觉得疼。但她没有立即挑刺——她只是坐着，脚架在膝上，刀握在右手中，目光越过桌子，看着贝丽尼斯。

“告诉我，”她说，“说说当时的情形。”

“你明明知道！”贝丽尼斯说，“你自己看见他们了。”

“还是跟我说说吧。”弗兰淇说。

“我再说最后一次，”贝丽尼斯说，“你哥哥和新娘子今天上午很晚才到，你和约翰·亨利从后院冲进来看他们。转眼间我就看到你穿过厨房冲回你的房间。然后你又穿着那件欧根纱的裙子下来了，嘴上的唇膏一寸厚，从左耳抹到右耳。再后来你们就只是在客厅里闲坐着。天很热，贾维斯给亚当斯先生带了一瓶威士忌，他们喝酒，你和约翰·亨利喝柠檬水。吃完饭你哥哥和新娘赶三点的火车回了冬山。婚礼将在这个星期天举行。就是这样，现在你满意了？”

“真让我失望，他们不能待久一点——至少过一晚也好。贾维斯离家这么久了。但我猜他们俩想尽可能久地在一起。贾维斯说他在冬山还有些部队的手续要办。”她深吸一口气，“不知道婚礼之后他们去哪里呢。”

“度蜜月。你哥哥会有几天假。”

“不知道他们会去哪里度蜜月。”

“呃，我只知道我不知道。”

“仔细告诉我，”弗兰淇又说道，“他们看起来到底怎么样？”

“看起来？”贝丽尼斯说，“嗯，跟正常人没啥两样。你哥哥是个一头金发、蛮帅气的白人小伙。那姑娘褐色头发，小巧好看，他们凑到一块儿，是一对儿很漂亮的白人小两口。你看见的，傻子。”

弗兰淇闭上眼睛，虽然看不到他们两人的模样，但却感觉得到他们正离自己远去。她能感觉到他们两个人一起在火车上，不停地向前，离她越来越远。他们是他们，他们正离开她；而她是她，留在原地独自坐在厨房的桌边。但她的一部分已与他们同行，她感觉到这部分自己正脱身而去，远走高飞。渐行渐远，以至于她心中的烦恶久久不散；越去越远，留在厨房里的弗兰淇不过是落在桌边的一具老旧躯壳。

“真古怪。”她说。

她弯腰俯向自己的脚，脸上什么东西湿湿的，既像眼泪又像汗珠。她吸吸鼻子，开始剔脚上的刺。

“你一点都不疼吗？”贝丽尼斯问。

弗兰淇摇摇头没有说话。过了一会儿，她说：“你有没有试过，有些人你见过之后回想起来只剩一种感觉，而不是模样？”

“你是啥意思？”

“我是说，”弗兰淇说得很慢，“没错，我看见了他们，嘉尼丝穿着一条绿裙子，一双很美的绿色高跟鞋。她的头发向上梳成一个髻，深颜色的头发，一小缕碎发散在外面。贾维斯和她一起坐在沙发上。他穿着棕色的军服，被太阳晒黑了，特别清爽。他们是我见过的最漂亮的人。然而就好像我想将他们看个完整，却不能够。我的脑子总是来不及，不能一下子把这一切全装进去。然后他们就离开了。这回你明白我的意思了吧？”

“你会弄伤自己的，”贝丽尼斯说，“用根针挑就行了。”

“我一点都不在乎我的老脚丫。”弗兰淇说。

现在才六点半，下午的这个时刻像是一片片闪亮的镜子。外面不再有口哨声传来，厨房里一切静止不动。弗兰淇脸朝后门廊坐着，那儿的门上有个四方形的猫洞，开在角落里，旁边还摆着一碟薰衣草味的酸奶。三伏天刚开头，弗兰淇的猫就跑了。伏天是这样的：它是夏季最后的日子，通常了无新意——而如果发生了什么变化，这变化就会一直持续到伏天结束。做过的事不会不存在，犯下的错不会变成对。

那个八月贝丽尼斯抓破右臂下侧的蚊子叮痕，结果它成了溃疡：在伏天结束之前不会愈合。两窝小飞虫选中约翰·亨利的眼角安居，尽管他总是眨眼摇头，这些虫子还是逗留不去。然后就是查尔斯不见了。弗兰淇没有眼见着他离家出走，但在八月十四号那天，她唤他出来吃晚饭，他没有现身，就此不见了。她找遍每个地方，还派约翰·亨利走街串巷叫他的名字。但这是三伏天，查尔斯一去不回。有些话每天下午弗兰淇都要对贝丽尼斯说，而贝丽尼斯的回答也总是千篇一律，现在这些话就像一支难听的曲子，被她们唱得烂熟。

“如果我知道他跑到哪里去就好了。”

“别再为那只骚包老野猫操心，我早跟你说了他不会回来。”

“查尔斯不是野猫，他差不多是纯种波斯猫。”

“有我那么纯哩！”贝丽尼斯会回答说，“你不会再见到那只老骚猫了，他是找朋友去了。”

“找朋友？”

“哦，当然。他在外面游荡，要找女朋友。”

“你真这么想？”

“那还用说。”

“那，为什么他不带上朋友回家来。他该知道，如果能养他的一家子，我会高兴得不得了。”

“你再不会见到那只老骚猫了。”

“如果我知道他跑到哪里去就好了。”

就是这样，每一个沉闷的下午都会响起她们的对话，同样的措辞，拉锯一般你来我往，让弗兰淇觉得像是两个疯子在念念有词，刺耳难听。结束语是她对贝丽尼斯说：“我感觉所有一切都从我身边走开，丢下我。”然后她就把头埋在桌上，心中一片惶然。

但这个下午弗兰淇突然打破了定例。她灵机一动，放下刀子，从桌边站起。

“我知道要做什么了，”她忽然说，“听着。”

“我听得到。”

“我应该去报警。他们会找到查尔斯。”

“我可不会做这种事。”贝丽尼斯说。

弗兰淇用门厅的电话向警察描述她的猫。“他差不多是纯种波斯猫，”她说，“但毛是短的，很漂亮的灰色，喉咙上有一小块白斑。叫他‘查尔斯’就会过来，如果不行，换‘查林那’也许会成。我是弗·洁丝敏·亚当斯小姐，地址是格勒夫街124号。”

她回去的时候贝丽尼斯在格格笑，笑声又尖又细。“喔！他们会派人来这儿，把你铐起来，拉到米勒奇维尔去。那些穿蓝制服的胖警察追着野猫满大街跑，一边喊着：哦，查尔斯！哦，过来，查林那！我的老天爷呀！”

“嘿，住嘴。”弗兰淇说。

贝丽尼斯在桌边坐下。她止住了笑，将咖啡倒一些到白瓷碟里放凉，那只黑眼珠转来转去，带着戏谑的神气。

“还有，”她说，“我看不出愚弄警察是个多么高明的主意，不管是什么理由。”

“我没有愚弄警察。”

“你刚才还在那儿一清二楚留下名字和住址，如果他们想的话就可以来抓你。”

“来呀！”弗兰淇生气了，“我才不在乎！我不在乎！”这一刻她突然不在意有没有谁知道她是个罪犯，“我才不管，让他们来抓我好了。”

“我是在逗你呢，”贝丽尼斯说，“你的问题在于一点儿幽默感都没有了。”

“也许我还是去坐牢好些。”

弗兰淇绕着桌子走个不停，她能感觉到他们正在远去。列车北行，他们走了一里又一里，离镇子一远再远。北上带来的寒冷渗进空气，冬夜才有的黑暗也缓缓降临。列车蜿蜒向上隐没在山间，汽笛声大有冬天的肃杀之气，他们一里一里地远去了。他们俩传递一盒买来的糖果，打褶的纸托上面安放着一块块巧克力。他们看着窗外，一里一里驶入冬天。现在他们和镇子之间已经有了很长、很长的距离，很快就会到达冬山。

“坐下，”贝丽尼斯说，“你搞得我神经紧张。”

弗兰淇猛地笑了起来。她用手背擦擦脸，回到桌边。“你听到贾维斯说的话了吗？”

“什么？”

弗兰淇笑了又笑。

“他们在聊投不投票给 C.P. 麦克唐纳。贾维斯说：嗯，就算这个无赖想跑去竞选捕狗员，我也不会投他的票。我这辈子从来没有听过这么幽默的话。”

贝丽尼斯没有笑。她黑眼珠向下一扫，骨碌到一个眼角，然后很快明白了这句笑话，视线又回到弗兰淇脸上。贝丽尼斯穿着粉红色的绉纱裙子，插有粉红色羽毛的帽子摆在桌上。蓝玻璃的眼珠映得她黑脸上的汗也泛着蓝。她用手抚弄帽子上的羽毛。

“那你知道嘉尼丝是怎么说我的吗？”弗兰淇问道，“当爸爸提到我长了多少，她说她不觉得我高得过分，她说她十三岁以前就长得差不多了。她是这么说的，贝丽尼斯！”

“好啦！没错。”

“她说她觉得我高度正好，可能不会再高了。她说所有的时装模特和电影明星——”

“她没说，”贝丽尼斯说，“我听到的。她只说了句你可能已经长到头了，没有再像你一样絮叨个不停。听你一说，别人还以为她是早就准备好了要为此大发议论呢。”

“她说——”

“这是你的一个大缺点，弗兰淇。有人不过随口评论一句，你就会在心里添油加醋，直到离原话十万八千里。你派特姑妈随口对克劳丽娜说句你气质不错，克劳丽娜就把这话传给了你。这没什么，该怎样是怎样。接下来呢？我发现你到处吹嘘，说韦斯特太太认为你气质全镇第一好，应该去好莱坞，不知道还有什么是你没说的。听到哪怕一点点表扬你就夸大其辞，碰到不好听的你也是这样。事情总被你自己弄得面目全非。这大错特错了。”

“别跟我讲大道理。”弗兰淇说。

“我没有讲大道理，这是很严肃的事实。”

“我承认有一点。”弗兰淇最后说。她闭上眼睛，厨房里非常安静，能感觉到心的跳动。她再开口说话时，声音细如耳语：“我需要知道一点，你觉得我表现得好吗？”

“表现？表现？”

“是的。”弗兰淇依旧闭着眼睛。

“嗯，我怎么知道？”贝丽尼斯道。

“我是说我的举止怎么样？我都做了些啥？”

“你啥都没做。”

“没做？”弗兰淇问。

“没有。你只是像见了鬼一样，紧盯着那一对儿不放。然后，他们讲到婚礼时，你的耳朵就支棱起来，足有圆白菜的叶子那么——”

弗兰淇伸手摸摸左耳。“才没有呢。”她懊恼地说。过了一会儿，她加了一句：“总有一天，你一低头，发现自己的大胖舌头被连根拔出来，摆在面前的桌子上，你觉得自己的心情会怎么样？”

“说话不准那么粗鲁。”贝丽尼斯说。

弗兰淇皱着眉凑到脚上的刺跟前。她用刀把刺挑出来，说：“只有我才会不觉得疼。”然后她又开始在屋里兜圈子。“我真怕自己没能留下个好印象。”

“那又怎样？”贝丽尼斯说，“但愿哈尼和T.T. 快点来。你让我不得安宁。”

弗兰淇耸起左肩，咬住下嘴唇。突然，她坐下来，把脑门在桌子上撞得砰砰直响。

“听话，”贝丽尼斯说，“别这样。”

弗兰淇僵直地坐着，脸伏在臂弯里，紧握拳头。她的声音压抑而沙哑。“他们真好看，”她说道，“他们一定过得很开心。而他们就这样走了，留下我。”

“坐好，”贝丽尼斯说，“规矩点。”

“他们来了又走了，”她说，“他们走了，留下我一个人难过。”

“哟！”贝丽尼斯终于说，“我可知道了！”

厨房很静，她的脚跟在地上连敲四下：一、二、三——梆！那只好眼睛黑溜溜的，满是打趣的意思。她用脚跟点地，等找到了节奏，便用低沉的爵士嗓音唱了起来：

弗兰淇着了迷！

弗兰淇着了迷！

弗兰淇着了迷！

为那个婚——礼！

“停！”弗兰淇说。

弗兰淇着了迷！

弗兰淇着了迷！

贝丽尼斯唱个没完，节奏抑扬起伏，就像发烧时脑子里一跳一跳的疼。弗兰淇昏头涨脑，从桌子上拾起刀。

“你最好闭嘴！”

贝丽尼斯突然顿住，厨房骤然缩小了，鸦雀无声。

“你把刀放下。”

“你看能不能让我放下。”

她将刀柄抵在另一只手的掌心，将刀慢慢弯成弓形。刀身又韧，又尖，又长。

“放下它，混蛋！”

但弗兰淇站起来，仔仔细细地瞄准。她的眼睛眯成一条缝，有刀在握的感觉让她的手停止了颤抖。

“扔吧！”贝丽尼斯说，“你只管扔！”

屋内静悄悄的。空荡荡的房子好像也在屏息等待。破空之声响起，刀扎在楼梯门的正中，发出一声钝响，刀身颤动不休。她不眨眼地盯着那刀，直到它完全静止不动。

“我是镇上第一飞刀手。”她说。

贝丽尼斯，站在她身后，没有搭腔。

“如果比赛，我一定赢。”

弗兰淇从门上拔下刀子放在桌上，在手心啐了一口，然后搓手。

贝丽尼斯终于开口：“弗兰西丝[1]·亚当斯，你迟早会玩出火。”

---

① 弗兰淇是弗兰西丝的昵称。

“我的偏差从没超过几英寸。”

“你清楚你爸爸对在这房子里玩飞刀的态度。”

“我警告过你不要惹我。”

“你真不配生活在这房子里。”贝丽尼斯说。

“我不会在这个家待太久了，我要离家出走。”

“那可谢天谢地，清掉了好大一堆臭垃圾哩。”

“等着瞧吧，我要离开镇子。”

“你觉着自己会到哪里去呢？”

弗兰淇望了望房间的每个角落，然后说：“我不知道。”

“我知道，”贝丽尼斯说，“你要去疯人院。那儿就是你要去的地方。”

“不是。”弗兰淇说。她默然直立，环顾如鬼画符的四壁，闭起双眼。“我要去冬山，去参加婚礼。我以双眼向上帝发誓，我再也不会回来。”

刀子飞出并扎在门板上嗡嗡颤动之前，她并不肯定自己会出手。就像她不知道自己会说些什么，直到话已出口。誓言像脱手的飞刀，刺入她的身体，瑟瑟抖动。话音如尘埃落地，她又补充一句：

“婚礼过后我再也不回来。”

贝丽尼斯将弗兰淇额前濡湿的刘海朝后拨，最后她问：“乖乖，你是认真的么？”

“当然！”弗兰淇说，“你以为我站在这里发毒誓是在说大话吗？有时候，贝丽尼斯，我觉得让你认识一个事实，要比世上任何一个人都慢。”

"可是，"贝丽尼斯说，"你说不知道自己要去哪里呀。你要走，又不知走到哪里去，这叫我怎么理解。"

弗兰淇站着，将四面墙上上下下地看。她想着这个世界，它日行千里，飘流离散，旋转不止，此刻比以前任何时候都更快、更飘零、更广阔。战争场景蓦然在她脑中纷涌碰撞。她看到明媚的开满鲜花的岛屿，一片白浪扑岸的北方滨海土地。饱经战火的眼睛，士兵们疲软的步履。坦克，一架折翼的飞机燃烧着坠下沙漠的天空。世界每分钟转动一千英里，在战争的巨响中分崩离析。地名在弗兰淇脑中闪动：中国，比奇维尔，新西兰，巴黎，辛辛那提，罗马。她想着这巨大而飞旋的世界，直到两腿发抖，掌心冒汗，但还是不知道该往何处去。最后，她不再茫然看着厨房的四面墙壁，对贝丽尼斯说：

"我的感觉真真切切，就像有人把我的整张皮给剥了下来。我希望能吃上些凉沁沁的美味巧克力冰淇淋。"

贝丽尼斯双手放在弗兰淇肩上，摇着头，眯起那只好眼，凝视弗兰淇的脸。

"不过我对你说的每一个字都是当真的，"她说，"婚礼之后我不回来了。"

一声响动，她们转身看到哈尼和T.T.威廉姆斯站在门口。哈尼，尽管他与贝丽尼斯有姐弟的名分，却长得并不相像——他几乎有点像个外国来客，比如古巴或墨西哥。他肤色较淡，近乎浅紫色，一对沉静狭长、油汪汪的眼睛，身体软绵绵的。姐弟俩身后站着T.T.威廉姆斯，他是一个大块头，很黑，头发灰白，比贝丽尼斯年纪还大，衣冠楚楚，扣眼上别着一枚红色的徽章。T.T.威廉姆斯在追求贝丽尼斯。

他是个经济宽裕的黑人，开了一间黑人餐馆。哈尼身体孱弱，性情散漫。军队不招他，他便干着挖沙坑的活儿，直到挖出内伤，再也干不了重活。他们站着，三个黑皮肤的人，聚在门口。

“你们怎么偷偷摸摸的？”贝丽尼斯说，“我一点动静都没听到。”

“你和弗兰淇正忙着说事呢。”T.T. 说。

“我可以走了，”贝丽尼斯说，“已经准备好。不过走之前你们想不想喝上一点儿？”

T.T. 威廉姆斯看着弗兰淇，在门口磨磨蹭蹭。他很守礼，想取悦所有人，任何时候都生怕行差踏错。

“弗兰淇可不是告密鬼，”贝丽尼斯说，“对不对？”

弗兰淇根本都懒得回答这样一个问题。哈尼穿着一套暗红色人造丝的便装，她说：“你穿的这身衣服很可爱，哈尼，从哪里弄来的？”

哈尼能像白人教师一样说话。他的紫色双唇可以像蝴蝶翅膀一样迅捷轻快地张合。但他只用了一个黑人的方式来回答，一个从喉咙里发出的黑沉沉的声音，可能代表任何意思。“啊嗯。”他说。

面前的桌上已经摆好了玻璃杯，还有装着杜松子酒的直发剂瓶子，但他们没喝。贝丽尼斯说着关于巴黎的什么，而弗兰淇却有另一层感觉，他们在等着她走开。她站在门里看着他们，不想走。

“酒里想掺点水吗，T.T.？”贝丽尼斯问。

他们三人围桌而坐，独余弗兰淇一个站在门口。“再见，各位。”她说。

“再见，宝贝，”贝丽尼斯说，“忘掉我们聊的那些傻事。如果亚当斯先生天黑了还不回来，你就去韦斯特家，去找约翰·亨利玩吧。”

“我什么时候怕过黑?”弗兰淇说,“再见。”

“再见。”他们说。

她关上门,但说话声还是从身后传来。她把脸靠在厨房门上,能听到低沉的声音轻柔地起伏。啊伊——啊伊。然后哈尼的嗓音从一片混杂的絮语中扬起,他问道:“我们进屋时你和弗兰淇怎么了?”她静心等待,耳朵紧紧压在门上,等着听贝丽尼斯将如何说。最终回答是:“不过是胡闹罢了,弗兰淇在犯傻。”她一直在听,直到他们离开。

空屋子黑下来。通常夜晚家里就她和父亲两人,因为贝丽尼斯晚饭后直接回自己家。过去前屋曾被出租,是在弗兰淇九岁,她祖母去世的那年,租给了马洛夫妇。关于他们,弗兰淇只记得最末了那句说他们是粗人的评论。不过就在那一季,弗兰淇迷上了马洛夫妇和他们住的前屋。她喜欢趁他们不在的时候进去,小心地、轻手轻脚地翻东西——马洛夫人喷香水的瓶子,暗粉红色的粉扑,马洛先生的木头鞋架。一个令弗兰淇迷惑不解的下午过后,他们神秘地离开了。那是一个夏日的星期天,马洛夫妇房间的门开着,她只能看到房间的一部分,看到梳妆台的一角,还有搭着马洛夫人胸衣的床腿。但是静室里传出一种她听不懂的声音,她跨过门槛,只扫了一眼,就被眼前的情景惊呆了。她冲进厨房,喊道:马洛先生在抽筋!贝丽尼斯急忙冲过前厅,但当她看到房间里面之后,只是鼓起嘴巴,甩上了房门。显然她将此事告诉了父亲,因为当天晚上他就说马洛夫妇必须得搬走。弗兰淇问过贝丽尼斯,想知道到底是怎么回事,但贝丽尼斯只说他们是粗人,然后加了一句,说屋里有某人在,至少他们应该懂得关门。虽然弗兰淇知道自己就是那个某人，但还是不解。那抽筋是怎么回事呢？她问。贝丽尼斯只是说：宝贝，就是普通的抽筋罢啦。从她的语气里，弗兰淇知道肯定有事情瞒着她。到后来马洛夫妇在她印象里便只是粗人两个，拥有之物自然也是俗物——这样，在她已经不再去想马洛夫妇以及抽筋的问题之后很久，只记得那个姓氏，以及他们曾租用前屋这么一件事的时候，她还是会把淡粉色粉扑以及香水喷雾瓶与俗人联系到一块儿。前屋从那以后再也没有出租过。

弗兰淇走到前厅的帽架前，伸手将父亲的一顶帽子戴在头上，看着镜中自己丑陋的黑影。关于婚礼的谈话不知怎么全不对路，她下午提的都是错误的问题，而贝丽尼斯的回答不过是拿她取笑。她心里的滋味难以言表，呆呆站在原地不动，直到黑影幢幢，让她想起鬼怪。

弗兰淇来到房前的街道上，抬头向天。她嘴巴张开，一只手握成拳撑在屁股上。紫蓝的天空越来越暗。各种傍晚的语声从四邻传来，她还隐隐闻到洒过水的青草的清新气息。每天夜幕初临的时分，厨房里太热，她都会出门待一小会儿。她或者练习掷飞刀，或者在前院的冷饮摊坐坐，或者绕到后院去，黑暗中的葡萄架凉爽宜人。她还写剧本，虽然她已经高到无法在葡萄架下表演，而且戏服也全不合身了。这个夏天她写的剧本满目清凉——都是关于爱斯基摩人和冻僵的探险者的故事。入夜后，她便回到屋里。

但这天晚上弗兰淇无心于飞刀、冷饮摊或剧本，也不想站着看天。因为她的心上还系着老问题，而且又和春天时一样，她感到害怕。

她觉得自己应该想一些丑陋平凡的东西，于是把目光从夜空转向自家的房子。弗兰淇住在全镇最丑的一幢房子里，但现在她知道自己住不长久了。房子空荡荡的，很黑。弗兰淇转身走到街区的尽头，拐个弯，沿人行道向韦斯特家走去。约翰·亨利正在他家门廊栏杆上靠着，背后衬一扇点亮的窗户，让他看上去像黄纸上贴的黑色小纸人。

“嗨，”她说，“真不知道我那位老爸几点才从镇里回来。”

约翰·亨利没说话。

“我不想一个人回到那黑咕隆咚的丑房子里去。”

她站在路上，看着约翰·亨利，那句精妙的政论又回到脑中。她大拇指勾住短裤口袋，问道：“如果你打算为一场选举投票，会投给谁？”

约翰·亨利又尖又脆的嗓门在夏夜里响起。“我不知道。”他说。

“比如说，你会投票选 C.P. 麦克唐纳当这个镇的镇长吗？”

约翰·亨利没回答。

“会吗？”

可她没办法逗他开口。有那么一些时候，无论你对他说什么，约翰·亨利都一言不发。于是她只好自说自话，无的放矢听起来便失了几分机巧：“嘿，哪怕他跑去竞选捕狗员，我也不会投票选他。”

小镇渐渐沉入夜色，一片寂静。现在哥哥和新娘早已到达冬山。他们置身于远方的城市，把小镇抛在身后一百英里的地方。他们是他们，他们两个人在冬山，在一起。而她是她，独自呆在这老旧的小镇。相对一百英里的距离，有一个事实让她更失落，感觉更遥不可及——她意识到他们是他们，两人相伴；而她只是她自己，与他们分开，孤单一人。就在她为此烦躁不安时，一个想法，一种解释，突然出现在脑中，她立即领悟，几乎就要宣布出来：他们是我的我们。昨天，以及此生的十二年中，她只不过是弗兰淇而已，她只是一个我，不论到哪里去、做什么事都只能是一个人。其他人都有一个我们可以投奔，所有人都有，就只除了她。当贝丽尼斯说我们，她是指哈尼和大妈妈，她的窝，或者她的教派。她父亲的我们就是那间小店。所有俱乐部的成员都有一个我们可参与、可谈论。军队里的士兵能说我们，就连犯人还能用链子拴成一队。只有老弗兰淇没有我们，除了一个或许说得上：就是由她和约翰·亨利以及贝丽尼斯构成的这个可憎的夏季组合——这个世上她最不想要的我们。如今这一切突然结束，都改变了。她的哥哥和他的新娘来了。仿佛她与二人的初见，触动了她内心深处早已知晓的一件事：他们是我的我们。这就是她感觉如此异样的原因所在：他们远去冬山，抛下她独自一人。老弗兰淇的躯壳被孤零零地丢在镇子里。

“你为什么整个人弯成这样？”约翰·亨利叫道。

“我好像有点疼，”弗兰淇说，“一定是吃错了什么。”

约翰·亨利还站在栏杆上，抱着柱子。

“听着，”她最后说，“你到我家跟我一起吃饭过夜怎么样。”

“不行。”他回答说。

“为什么？”

约翰·亨利在栏杆上走，伸展双臂保持平衡，像透窗的黄色灯光映衬下的一只小黑鸟。他一直没回答，直到安全地挪到下一根柱子才说了句：

“因为呗。”

“因为什么？”

他不吭声。于是她又说：“也许咱们可以把我的印第安帐篷支起来，在后院里睡。开开心心地玩。”

约翰·亨利还是不说话。

“咱们是嫡亲表姐弟呀，我总是陪你玩，还给你那么多礼物。”

静静地，轻轻地，约翰·亨利又从栏杆上走回来，用胳膊挽着柱子，站在那儿朝她看过来。

“还想怎么样，”她喊道，“为什么不能来？”

最后他终于说：“因为，弗兰淇，我不想。”

“你这蠢货！”她尖声说，“我是因为你看起来又丑又孤单才叫你来的！”

约翰·亨利轻巧地从栏杆跳下去，他清脆的童音朝她回应道：

“怎么会呢，我一点儿都不孤单。”

弗兰淇在短裤外侧擦着她汗湿的手掌，心里对自己说：转过身，回家去。可是命令无效，不知怎么她就是做不到转身就走。夜还不深，沿街的房屋都黑了，窗户透出光亮。黑暗积聚在树木的浓阴里，远处的影子参差零乱，阴森森的。但天空还没完全黑透。

“我觉得不太对头，”她说，“安静得过分。我有一种特别强烈的预感。跟你赌一百块，就要来暴风雨了。”

约翰·亨利在栏杆后面望着她。

“一场很吓人很吓人的夏季风暴，还可能是龙卷风。”

弗兰淇站着，等待夜的来临。就在这时有小号开始吹响。城里的某个地方，就在不远处，一只小号吹起了蓝调，曲调忧伤低回。某个黑人男孩吹响怨曲，是谁她无从知晓。弗兰淇僵直身子，头垂下，眼睛紧闭，就这样听着。曲调里有些东西，把春天的一切又带了回来：花朵，陌生人的眼睛，雨水。

曲调低沉抑郁而悲伤。然后就在一瞬间，就在弗兰淇聆听的时候，小号跳入一段节奏摇荡的爵士狂欢。等到狂欢告终，号声变得细弱而绵长，随后又重新回到开始的蓝调，就像是在讲述那个纷扰不安的漫长的季节。她站在黑暗中的人行道上，心脏缩成一团，舒展不开，连带着膝盖也僵直了，喉咙发紧。然后，毫无预兆地，弗兰淇一时间还难以置信：就在那曲调刚要确定下来的时刻，音乐却结束了，小号声突然中断。就这么突如其来，小号骤然停止了吹奏。有一会儿弗兰淇难以接受，心中怅然若失。

她悄声对约翰·亨利·韦斯特说："他是停下来甩号里的口水。一会儿就弄好了。"

但号声不再响起。一曲未终，戛然而止。心中的紧缩让她难以忍受，她觉得自己一定要做些什么，一些狂野粗暴从未做过的事。她握拳击打自己的头，但一点作用都没有。于是她开始大声地说了起来，起初根本没有注意自己在说什么，也不清楚自己要说什么。

"我告诉贝丽尼斯，我要离开镇子远走高飞，她不相信。有时候，我觉得她实在是所有活物里面最蠢的那一个。"她大声抱怨，声音既突兀又尖利，有如锯齿。她只管说，每吐出一个字时都不知道下一个字会是什么；她听着自己的声音，但传入耳中的字字句句究竟是什么意思，她自己也不是很清楚。"你想让那种大傻瓜明白些事情，就像对一块水泥说话一样。我不停不停不停地告诉她，我告诉她我得离开这儿，再也不回来，因为这是不可避免的。”

她并不是在对约翰·亨利说话，她的眼睛里已经没有了他。约翰·亨利从亮着的窗户前走开了，但还站在门廊上听，过了一会儿他问道：

“去哪里？”

弗兰淇没有回答。她突然呆立不动并安静下来。一种新的感觉来临了——她觉得自己心底里是知道方向的。她知道，而再过一刻那个地名就会在心中出现。弗兰淇握紧拳头，一边啃着指关节，一边等着：但她并没有费心搜寻那个地方的名字，也没有想着旋转的世界。她在自己心里看到的是哥哥和他的新娘。她的心在胸腔里挤得那么紧，她觉得它就要碎了。

约翰·亨利尖细的童音在问：“你想我跟你一起吃饭然后在帐篷里过夜吗？”

她回答：“不。”

“你刚刚还叫我去！”

但她顾不上跟约翰·亨利·韦斯特争论，或回答他的任何问题。因为就在这一秒钟弗兰淇顿悟了。她知道了自己是谁，知道了该怎样走进这个世界。她紧缩的心突然舒展、分开。她的心分开，像两叶翅膀。再次开口时，她已胸有成竹。

“我知道我要上哪儿去。”她说。

他问她：“哪里？”

“我要去冬山，”她说，“我要去参加婚礼。”

她停下来，给他一个机会说：“可是，这个我早就知道。”然后她终于大声道出了那个出人意表的事实。

“我要跟他们一起走。冬山的婚礼过后，不管他们要去哪里，我都跟着。我要和他们在一起。”

他没说话。

“我真是太爱他们俩了。我们三个哪儿都一块去，好像从出生起我就知道自己注定要和他们在一起。我真是太爱他们俩了。”

说完这番话，从此不必再困惑和迷惘。她睁开双眼，夜晚已经真正开始。紫蓝色的天空终于黑透，星光斜照，暗影扭曲。她的心舒展如双翅。她从未见过夜色如此美丽。

弗兰淇望进夜空的深处。过去的问题再次浮现——她是谁，她在世上会成为什么人，为什么这一刻她会站在这里——当这些问题重现，她不再伤感，也没有苦于无从知晓答案。她终于知道自己是谁，并明白她将去向何方。她爱她的哥哥，还有新娘，而她将是婚礼的成员之一。他们三人将投身于这个世界，他们将永远在一起。终于，经历了一个惶惑的春天，和一个疯狂的夏天，她不再害怕了。

第二部

1

婚礼的前一天不同于弗·洁丝敏以往所知的任何日子。星期六她来到镇里，那些沉闷乏味的夏日过去了，整个小镇在她面前敞开，以一种新的方式接纳她。因为那个婚礼，弗·洁丝敏觉得眼见的一切都与她有关。在这个星期六，她是以一个突如其来的成员的身份，在镇里四处走动；她以皇后一般的姿态走在街上，与一切协调无间。这一天，从它最初的一刻起，世界好像已经不再与她隔绝，突然之间，她感觉自己被纳入其中。因此，很多事情开始发生——再没有什么让弗·洁丝敏大惊小怪，至少在这一天结束之前，一切都神奇地变得自然而然。

在约翰·亨利的叔公，查尔斯大叔的农舍，她见过一头骡子蒙着眼，原地转了一圈又一圈，从甘蔗里榨出制糖浆的甜汁。从她夏天一成不变的行止看，老弗兰淇和那村骡可有一比，不外乎在十文店的柜台前流连，在电影院的前排坐着，或在她父亲的店里闲荡，又或者站在街角瞧大兵。而这个早晨一切迥然不同，她开始涉足一些此前做梦都想不到要进去的地方。其中之一，是弗·洁丝敏走进了一家旅馆——它不是镇上最好的，甚至连二流的也不是，但不管怎样，它是一间旅馆，而弗·洁丝敏已然登堂入室。不仅如此，和她一起的还有一个士兵，这又是一桩想不到的事，因为此前她从未见过他。就在昨天，如果让老弗兰淇像看巫师的魔镜一样，遥遥望见此番景象，她只会不相信地撇撇嘴。但这是一个什么事情都会发生的早晨，它的特异之处在于，新奇与平常的东西完全颠倒了。让她惊讶的并不是那些破天荒的事，那些早已熟知的事情才让她顿生一种奇特的诧异之感。

这一天从她黎明醒来时开始。哥哥和新娘就像在她心房里睡了一夜，所以，她醒来后的第一个意识就是婚礼，第二个接踵而至的念头则与小镇有关。现在她离家在即，却古怪地觉得在这最后一天，小镇正向她发出召唤，等待着她。窗户泛上一片破晓时微凉的灰蓝，迈基恩家的老公鸡喔喔报晓。她飞快地起床，拧开床头灯，打开马达。

困惑的是昨天的老弗兰淇，而弗·洁丝敏则不会再迷惘，她觉得婚礼是一件早已熟悉的事情。这变化一部分有赖于分水岭般的黑夜。在过去的十二年里，每当变化突然发生的时候总是伴随着疑虑；但一觉睡醒，第二天这变化似乎就不再突然。前年夏天，她和韦斯特一家到海边的圣彼得港去。第一个海滨之夜，看到藏着扇贝的灰色大海和空无一人的沙滩，她就像来到了另一个世界。她随处走动，乜斜着眼睛，触摸每一样疑幻疑真之物。但这夜过去之后，次日一醒来，她就觉得好像已经熟识圣彼得港一辈子那么长久。婚礼也是如此。她再无疑问，开始关心其他事情。

她坐在桌边，只穿着蓝白条的睡裤，裤腿卷到膝盖上，光着脚，右脚拇趾跷起，前脚掌点地抖个不停。她在想最后一天里要做的事。这些事有的说得出来，但还有一些既无法掰着手指逐件地数，也不能用文字在纸上列个单子。她决定从为自己做名片入手，弗·洁丝敏·亚当斯小姐，用娟秀的字体写在小卡片上。于是她戴上绿色遮光帽，剪下一些硬纸卡，在两只耳朵后面都夹了钢笔。可是她思绪不宁，转来转去想到了许多其他的事情，很快她又开始为上街做准备了。这天早上她精心穿上最好最成熟的衣服，那条粉红欧根纱裙，另外还搽了口红，洒上“甜美夜曲”。父亲习惯于早起，她下楼时他正在厨房里忙着。

“早上好，爸爸。”

她父亲名叫罗伊·昆西·亚当斯，拥有一家珠宝店，就在主街近旁。他咕哝一声算是回应她，因为他是一个成年人，每天三杯咖啡落肚后才能开腔说话。在开始将鼻子凑到砂轮上之前，他理应获得一点安宁和清静。弗·洁丝敏有一次夜里起床去喝水，听到他在房间里睡得很不安稳，而今天早上他的脸色白如乳酪，双眼发红而疲惫。在这个早晨，他的杯子搁在桌面上、烤炉顶，留下一个又一个棕色印迹，苍蝇们安静地在上面排成圆圈，因为杯托承不稳杯子，咔嗒作响，被他抛在一边。地板上洒了糖，他每踩一脚，碜牙的声音便使他的脸抽动一下。他穿了一条膝盖顶得鼓出来的灰裤子，蓝衬衣的领口敞开，松松地系着领带。六月以来，对父亲她一直暗怀着一种自己都不想承认的怨气——自从那天晚上他问她那老大不小还想和爸爸睡的笨瓜是谁——但现在她不再介意。一瞬间弗·沽丝敏好像是第一次看到父亲，不仅仅是此时此刻的他，还有过去的记忆在她心头缠绕交错。回忆，变幻着连翩掠过，使弗·洁丝敏站定身子，仰起头，不但是在这个房间里，而且从心底的某处，望着他。但有些话不得不说，当她开口时声音并没有不自然。

“爸爸，我得告诉你，婚礼之后我不回来了。”

他倒是有耳朵，一双耳廓呈淡紫色的耷拉着的大耳朵，他只是没有听。他是一个鳏夫，母亲生她那天就去世了——而且，作为鳏夫，他有些自己的老习惯。有时候，特别是一大早，不论她说什么话，或者有什么新提议，他都听不见。于是她提高嗓门把话逼进他脑子里。

“我要买礼服，还有婚礼穿的鞋子，还要一双粉红色的透明丝袜。”

这回他听见了，想了一下，点点头算是同意。煮开的燕麦粉缓缓鼓出淡蓝色黏稠的气泡，她一边摆桌子，一边看着他，记忆浮现。冬天的早晨，结霜花的窗玻璃，热腾腾的炉子，她在桌上趁课前加紧演算算术题，父亲俯身在她头顶，帮她解决难点。他伸过来的棕色粗硬的大手。他讲解的声音。她还看到，幽蓝色的长长春夜，暮色中父亲坐在前门廊上，两脚搭着栏杆，在喝刚叫她从芬妮的小店买回的冰凉的啤酒。她看到他俯身在店里的工作台旁，将一个小小的发条往汽油里蘸，或者戴着放大镜，细细地研究一块打开的手表，边看边吹着口哨。回忆不期而至，回旋不定，每一幕都浸染着当时的色调。生平第一次，她回顾十二年的生活，将之作为一个整体，远远地观望。

“爸爸，”她说，“我会给你写信的。”

曙光已老，他在厨房里走动，像一个丢了东西，但又忘记丢了什么的人。她看着他，以往的怨气烟消云散，只余一片歉疚之意。她离家之后，只剩他独自一人待在家里，他会想她的。他会孤独。她想对父亲说抱歉，说爱他，但就在这时，他以一种要教训她时所特有的方式清了清嗓子，说：

"你可不可以告诉我，原来放在后门廊工具箱里的活动扳手和螺丝刀哪去了？"

"那活动扳手和螺丝刀——"弗·洁丝敏耸着肩膀站着，抬起左脚勾在右腿肚上，"我拿走了，爸爸。"

"它们现在在哪里？"

弗·洁丝敏想了想："在韦斯特家。"

"现在给我听仔细，"搅燕麦粥的勺子在他手里晃着，强调他的话，"如果你不明白事理，不知道有些东西不能碰——"他长长地给了她警告的一眼，才接下去说，"那就得好好教训你才行。从现在起给我规规矩矩，不然就得挨训。"他突然吸了吸鼻子。"面包烤糊了？"

弗·洁丝敏出门的时候天还很早。柔和的曙光已经亮了起来，灰蓝色的天空清新润泽，像上色的水彩还没干透。明净的空气传出一股新鲜的味道，被太阳灼得焦黄的草叶上面露珠清凉。前面街边某家的后院传来孩子们的声音。她听到一群附近邻居家的孩子吵吵嚷嚷的叫声，他们在挖游泳池。这些孩子大小不一，高矮不等，什么成员都不是。在过去的几个夏季，老弗兰淇俨然镇子这一带泳池挖掘队的领队或首领——但现在她已经十二岁，心里清如明镜，虽然他们会挖开许多家院子，毫不怀疑最终那一泓碧水的出现，但结果一定是以一条又长又宽的泥水沟告终。

现在，弗·洁丝敏走过自家院子，听着街那头传来孩子们的喊叫，可以想见他们聚在一起的样子——在这个早晨，她头一回对这喧闹声感到亲切，她被打动了。而且，很奇怪，一向讨厌的院子也让她有些许感动，仿若久别重逢。那儿，在榆树下，是她的冷饮小摊，一个能折叠的轻便小箱，可以拖着到处走，树阴伸到哪儿就摆到哪儿，还带一个小招牌，写着“露珠客栈”。桶装柠檬水摆在摊下，从前早上的这个时候，她通常光脚架在摊上坐着，脸上斜扣一顶墨西哥草帽——闭眼等待有人光顾，鼻子里闻着暖洋洋的浓厚的干草味儿。偶尔有几个顾客光临，她就会让约翰·亨利到A&P去买糖。但其他时候她会受不住撒旦的诱惑，自己将存货一扫而空。在这天早晨，小摊显得那么零丁易碎，她知道自己再也不会来经营它了。弗·洁丝敏想着这一切，就像是想起一件发生在很久以前并且已经永远结束的事。她冒出一个念头：明天以后，当她和贾维斯及嘉尼丝在一起，身处遥远的某地，她会回首往日，并……弗·洁丝敏没有想下去，因为那两个名字在脑际徘徊，婚礼的喜悦油然而生，尽管是在八月天，也教她身子发颤。

同样，小镇的主街在弗·洁丝敏眼中，也像是阔别多年后再次相见，尽管她星期三才来回逛过一遍。一样的砖墙的商店，占地有四个街区之多，白色银行大厦，远处还有窗户众多的棉纺厂。宽阔的马路被一条细长的草坪从中分开，两边行驶的汽车不紧不慢，倒像是在观光。闪亮的灰色人行道，经过的路人，店铺上的条纹雨篷，一切全是旧观——然而在漫步街头的这个早晨，她觉得自己像个初次到访的游客一样悠然自在。

事情不仅仅如此。她走到主街左侧的尽头，正沿右侧走回去时，有了更进一步的发现。这发现与那些她在街上遇到并擦身而过的许多人有关，有的她认识，另一些则全然陌生。一个黑人老头，在梆梆颤响的车座上挺直腰，神气地驱赶着一匹可怜的蒙眼骡子，向星期六集市驶去。弗·洁丝敏看着他，他也看着她，表面上仅此而已。但就在那一眼之间，弗·洁丝敏感觉到彼此眼中有一种全新的莫名的联系，就像他们互相认识——货车在街头隆隆驶过她身边，于电光石火的刹那间，她甚至看到了他家乡的土地，乡间小道，以及寂静的黑松林。而她也希望他了解自己——关于那场婚礼。

走在那四个街区，同样的感觉一再地出现：与一位走进麦杜格商店的女士，一个在第一国家银行大楼门前等公共汽车的小个子男人，还有她父亲的一个名叫塔特·赖安的朋友。这是难以言表的感觉——后来当她在家试着向贝丽尼斯描述时，贝丽尼斯抬起眉毛，拉长声音嘲弄地说：联系？联系？但不管怎样，这种感觉确实存在——亲密的联系，像是对呼唤的回应。还有，在第一国家银行前的人行道上，她发现一枚角币，换作另一天这将是个大大的惊喜，但这天早上她只不过是略停了一下，把它在前襟上擦亮，然后放进粉红色钱夹。走在路上，走在清晨明丽的蓝天下，她心中的感觉前所未有，轻盈而又强大，一切全由自己做主。

在一个叫蓝月亮的地方她第一次向人说起这个婚礼。一番转弯抹角之后她才来到蓝月亮，它不在主街，而在河边一条叫前街的路上。她在这附近出现是因为听到了猴子和耍猴人的手风琴声，于是立即跑出来找他们。足足一个夏天没有见到猴子和耍猴人，在她看来，最后一天的偶遇大有深意。她太久没有见到他们，有时候会想这两位甚至可能已经死了。他们冬天不来这里表演，受不住那时的风寒。十月他们就南去佛罗里达，直到温暖的春末才回到镇上。

他们，猴子和耍猴人，还会漫游到其他市镇——但在记忆中的每个夏天，老弗兰淇都能在这条或那条林荫道上遇见他们，除了今年。小猴子很可爱，耍猴人也讨人喜欢。老弗兰淇一向喜爱他们，现在她急不可待想告诉他们自己的打算，让他们知道婚礼的事。于是，当她乍一听到手风琴喑哑模糊的乐声，便立即循声而往。音乐好像由河边的前街传来，于是她从主街转入小巷，急急忙忙找下去。眼看就要到前街，手风琴却停歇了。她上上下下打量整条路，但找不到猴子和耍猴人，周围一片寂静，他们无影无踪。也许，他们停在了某处门口，或某家商店——于是弗·洁丝敏慢下脚步，一副寻寻觅觅的神气。

前街总是能吸引她，虽然这条路上有着镇里最小最破烂的商店。街的左边是仓库，从它们的夹缝间可以瞥见褐色的河水和绿树。右边有家店铺，牌子上写着军人预防保险用品，她常常疑惑它做的是什么生意。还有其他各色各样的小店：散发腥味的鱼肆，窗内一条孤零零的鱼置身在碎冰块之间，向外瞪着它惊愕的眼睛；一间典当行；一间旧衣店，狭小的门脸处挂满过时的外套，一排破旧鞋子摆在外面的人行道上。再有就是那个叫蓝月亮的地方。街面凑合着用砖修补过，在烈日下显出满腹不平之气。她沿着排水沟走，沿途有鸡蛋壳和烂柠檬皮。这儿不是什么好地方，但老弗兰淇以前不时喜欢来一趟。

早晨和工作日的下午，这条路很安静。但到了晚间以及假日，街上会挤满从九英里以外军营来的士兵。相比其他街道，他们好像更偏爱前街，有时候这路仿若河流，流淌的都是褐色军服的士兵。他们一放假就来镇里活动，成群结队，兴高采烈地大声说笑，或者跟大姑娘一起在人行道上溜达。老弗兰淇总是看着他们，满怀忌妒。他们来自全国各地，转眼间又会分散到全世界。在漫长夏季的黄昏，他们结伴而行——此时卡其布短裤、墨西哥草帽的老弗兰淇，只能一个人站在远处朝他们张望。遥远的异乡的口音和风情似乎盘绕在他们周围。她想象这些士兵所属的那一座座城市，遥想着他们将去的各个国家——而她却只能在这小镇一生受困。潜藏的忌妒委顿了她的心。但今天早晨，她的心被一个冲动所占据：找人说说婚礼和她的打算。于是，她沿着灼人的街道，一路寻找猴子和耍猴人，她来到蓝月亮，突然想到他们也许会在这儿。

蓝月亮在前街的尽头，老弗兰淇常常在路边扒着纱门，压扁了手掌和鼻子朝里观望。顾客，大部分是士兵，有的坐在火车座里，有的在柜台边站着喝东西，还有的挤在点唱机周围。这儿有时候会突然发生骚乱。有一天下午较晚的时候，她经过蓝月亮，听到粗野的吼叫，还有类似酒瓶飞出的声音。她驻足不前，这时一个警察推推搡搡地押着一个人走了出来，那人一副狼狈相，双腿晃荡，鬼哭狼嚎，撕烂的衬衣上沾了血迹，脏兮兮的眼泪从脸上往下淌。那是彩虹旃那树开花的一个四月下午。不久囚车呼啸而来，可怜的犯人被扔进囚笼送往监狱。老弗兰淇对蓝月亮熟知底细，尽管从来没进去过。并没有明文规定禁止她踏入，纱门上也没有锁或铁链，但她不须言传便知道那儿是孩子的禁区。蓝月亮是度假士兵和没人管的成年人的地盘。老弗兰淇只是挨着边转转，不曾有一次走进去。但今天早上，婚礼当前，一切都被改变，以往的那些老规矩对如今的弗·洁丝敏而言毫无意义。她不假思索，从街上一步踏了进去。

那个红头发士兵就在蓝月亮，他将以一种令人始料不及的方式，成为整个婚礼前日密不可分的一部分。不过，弗·洁丝敏一开头并没有注意到他。她在找耍猴人，但那人不在。屋内除了那士兵，就只有站在柜台后的蓝月亮的店主，一位葡萄牙人。他被弗·洁丝敏选中，成为婚礼的第一位听众，原因不过是因为他近在眼前，而且最可能听她讲话罢了。

从清新明亮的室外走进来，蓝月亮显得颇为幽暗。蓝色霓虹灯在柜台后暗哑的镜子上方闪亮，将人的脸染成一片惨绿。电扇缓缓摇头，扫过一阵阵暧昧的热风。在早上的这个时辰，这儿很冷清。室内排着火车座，但空无一人。房间的后部有一道亮灯的木头楼梯，通向二楼。这个地方散发着隔夜啤酒和新煮咖啡的味道。弗·洁丝敏向柜台后的店主人要了咖啡。他给她端上一杯，然后在她对面的凳子上坐下。这是一个愁眉苦脸、面色苍白的男人，有一张十分扁平的脸。他围着一条大大的白围裙，躬身坐在凳上，脚蹬横档，读一本浪漫故事杂志。讲述婚礼的欲望在她心中生长，如箭在弦上，不得不发。她在脑子里搜索合适的开场白——要既成熟而又随意，这样才好开始两人间的对话。她开口时声音有点发颤：“真是个反常的夏天，不是吗？”

一开始葡萄牙人好像没有听到，埋头继续看杂志。于是她提高声音又说了一次，当他的眼睛转向她的双眼，他的注意力终于被吸引住了。她提高音量继续说道：“明天我哥哥和新娘将在冬山举行婚礼。”

她直奔主题，就像马戏团的小狗扑向纸环。随着叙述的展开，她的声音开始逐渐清晰，越来越明确而肯定。她说出她的打算，给人感觉一切早已决定，毋庸置疑。葡萄牙人歪着脑袋听着，黑眼睛外面套着烟灰色的眼圈，不时在脏污的围裙上擦他青筋满布、惨白潮湿的手。她说着婚礼和打算，他既未反对，也没表示怀疑。

她想起贝丽尼斯，让一个陌生人相信你最美好的愿望就要实现，反而比说服自家厨房里的人容易得多。说出某些特定的字眼——贾维斯和嘉尼丝、婚礼和冬山——让她如痴如醉，以至于才讲完立即又想从头再说。葡萄牙人从耳朵后面掏出一支烟，没有点着，只是拿它轻轻在柜台上敲着。他的脸在霓虹灯光影中失真，显出一派惊讶之色。她说完后，他没有开口。婚礼的诉说仍在她心中回响，就像吉他琴弦发出的最后的和声久久不肯散去。弗·洁丝敏转身望向门口，外面亮晃晃的街道被门镶上方框，隔着纱门暗淡的人影沿途经过，脚步在蓝月亮里激起回声。

“这感觉真怪，”她说，“在这儿住了一辈子，明天过后却再也不会回来。”

这时她才注意到他，那个士兵，就是因为他，这漫长的最后一天最终将变得古怪离奇。过后回想时，她试图追忆起一些后来发生的荒唐事的先兆——但当时他看起来不过是一个普通士兵，与其他站在柜台前喝啤酒的士兵没什么两样。他不高不矮，不胖不瘦——除了一头红发，别无异常之处。他是从附近军营来镇上的千万士兵中的一个。但是，当她在蓝月亮昏暗的灯光下，凝视这士兵的眼睛，她意识到自己从未有过这样的目光。

在那个早晨，弗·洁丝敏第一次不感到忌妒。他也许来自纽约或加利福尼亚——但她不忌妒他。也许他正在去英国或印度的途中——她对此没有丝毫妒意。在那心乱的春天和昏惑的夏天，她带着一颗受困的心看着那些士兵，因为他们来来去去，而她则永远留守原地。然而现在，在婚礼的前日，天地迥然不同。她望着士兵，眼里不含丝毫的忌妒和渴念。她不仅感觉到当天与其他完全陌生的人之间也会产生的那种不可思议的联系，还别有一种惺惺相惜之感：在弗·洁丝敏看来，他们交换的是友好而不羁的旅人之间的眼神，他们在途中停留，有了短暂的交会。这是一个长久的对视，随着忌妒之情的消逝，弗·洁丝敏内心一派平和。蓝月亮里悄无声息，关于婚礼的话似乎还在轻声诉说。在这属于旅伴间的深长凝望之后，是那个士兵先移开了视线。

“是的，”过了一会儿，弗·洁丝敏并不特意对哪一位说道，“我觉得真怪。就好像我应该在这最后一天，把我如果留在镇里一辈子——虽然我明天就走——会做的事全都做完。所以我想我还是赶紧行动的好。再会。”她最后一句话朝着葡萄牙人说，与此同时她的手习惯性地去举那顶墨西哥帽子，整个夏季只有今天没戴。然而手扑了空，举帽动作草草收场，她不由大为窘迫，飞快地挠了挠头，最后扫了一眼士兵，走出蓝月亮。

这个早晨与此前她所经历的所有早晨都不相同的原因有几个。当然，首要一件是对别人讲述婚礼。曾经，在很久以前，老弗兰淇喜欢玩一个游戏。她走遍全镇——穿过北边有草坪的住宅区，还有简陋的工厂区，以及黑人聚居的苏格维尔——头戴墨西哥草帽，脚蹬高统绑带皮靴，腰上系着牛仔用的绳索，到处假装墨西哥人。我英语的不会——Adios Buenos Noches[1]——Abla Pokie Peekie Poo，她吱吱地说着假冒的墨西哥话。有时候会有一小群孩子聚过来瞧热闹，老弗兰淇自以为得计，得意到飘飘然——可是当游戏结束，她回到家，一种自欺欺人的沮丧就会把她紧紧抓住。今天的清晨让她想起了昔日玩墨西哥人游戏的时光。她到的是同样的地方，遇见的人——对她来说大部分是陌生人，也没什么区别。但这个早上她没有愚弄别人，没有伪装自己。非但如此，她只想以真我示人。这种被人认识、被人了解的愿望如此强烈，以至于弗·洁丝敏忘记了阳光的暴晒，呛人的烟尘，以及走遍全镇的辛劳（至少有五英里路程）。

关于这天的第二件事就是，久违的音乐突然在心里奏响——管弦乐小步舞曲的片断，进行曲，华尔兹，还有哈尼·布朗的爵士号——于是她穿着黑漆皮鞋的脚总是踏着某一节拍前进。这个早晨的最后一点不同之处，在于她的世界好像一分为三：属于老弗兰淇的前十二年，今天，以及未来他们三个名字以 JA 开头的人天涯相伴的所有日子。

她一路走着，似乎老弗兰淇的魂魄，灰头土脸，眼神饥渴，无声无息地在不远处踽踽跟随；而关于未来的展望——婚礼之后的日子——像头上的天空一样无限延伸。区区一天光阴，却似乎与漫长的过去和美好的未来同等重要——正如合叶之于门扉。既然这是承接着过去与未来的一天，其特异与漫长在弗·洁丝敏看来也就理所当然了。就是以上原因，让弗·洁丝敏暗自觉得今朝与以往所有早晨截然不同。在这些林林总总的事实和感触中，最强烈的，莫过于那种被人

① 西班牙语，意为“再见，晚安”。

了解并认可的冲动。

在镇子北边靠近主街的一条林荫道上，她经过了一溜挂有蕾丝窗帘的出租屋，门廊栏杆后面的椅子上空无一人。最终她碰到一位正在打扫前院的女士。弗·洁丝敏以天气为开场白，把她的打算告诉了这位女士。和对蓝月亮的葡萄牙老板，以及后来遇到的那些人一样，她关于婚礼的讲述有前奏，有尾声，很像是一支歌的样子。

首先，话一起头，她的一颗心便顿时沉静下来。然后，随着人名和计划娓娓道出，轻盈畅快的感觉越来越强。等到话题终了，她满心惬意。那位女士一直斜支扫把，听着她的话。在她身后敞开着光线幽暗的门厅，里面有一道没铺地毯的楼梯，左边有放信的小桌子，从这间阴暗的门厅里喷出热烘烘的煮芜菁的味道。浓烈的气味，昏暗的门厅，似乎与弗·洁丝敏的喜悦融为一体。当她望向那位女士的眼睛，便立即爱上了她，虽然连她的名字都不知道。

女士既没有反驳也没有指责。她什么都没说。只是到了最后，就在弗·洁丝敏转身要走的时候，她说了句："嘿，这可真不一般。"但一阵轻快的管乐催动了弗·洁丝敏的脚步，她已兴冲冲继续赶路了。

在一处有阴凉草坪的住宅区，她拐进一条内街，遇到一群人正在修路。熔化的沥青和滚烫的砂石发出刺鼻气味，拖拉机噪声震天，空气一片沸腾。这次弗·洁丝敏挑选的听众是拖拉机手——她跟着拖拉机，边跑边回过头看着驾驶员晒黑的脸孔，必须双手拢在嘴边喊话才能让他听见。就算如此，也不能确保他听得清，因为她说完后，他笑呵呵地朝她大喊了些什么，她也没听真切。在这里，在喧嚣和骚动之中，弗·洁丝敏将老弗兰淇的鬼影看得再真切不过——挨在这乱摊子边上，嘴里嚼着一大团沥青，一直蹭到中午，看着人家打开午饭盒。一辆很威风的大摩托车停在修路工人附近，走之前弗·洁丝敏艳羡地看着它，啐了一口唾沫在宽大的真皮车座上，然后用拳头认真地把它擦亮。这儿是镇子边上的高尚地段，有新盖的砖房，人行道沿路栽着鲜花，轿车停放在平整的车道上。但地段越好，出入的人越少，于是弗·洁丝敏又往镇里走回去。太阳熊熊燃烧，像一只炉盖压在头顶。她的衬裙湿腻腻粘在胸前，连欧根纱裙子也湿透了，不时地贴着身子。进行曲已经舒缓下来，换成一支如梦似幻的小提琴曲，放慢了她的脚步。踩着这样的音乐，她来到镇子的另一边，越过主街和工厂区，走进曲折破旧的厂区街道。在那呛人的灰尘和灰暗破败的棚屋中间，有更多的听众可以对之讲述婚礼的事。

（在她游荡的路上，不时地有个细小的声音在她心里絮絮叨叨，那是过后知道了今天早上所有事情的贝丽尼斯。你就这样到处乱逛，这声音说，还跟陌生人搭话！我这辈子都没听说过这种事！贝丽尼斯的声音就这样嗡嗡叫着，就像被人听而不闻的苍蝇。）

走过工厂区的穷街陋巷，她跨过了黑人和白人的居住区间看不见的界线。和工厂区一样，这儿有着同样的两间房的小屋，朽败的室外厕所，但这儿还有浑圆的楝树，繁茂的枝叶投下浓阴，门廊常常可见清凉的蕨类植物生长在花盆里。这一带她很熟悉，她一边朝前走，心头浮现出对这些熟悉的巷陌的记忆，那些属于很久以前，属于不同天气的回忆——惨淡寒冷的冬日早晨，连洗衣妇女的黑铁水壶下面的橙色火焰都在瑟瑟发抖，还有那些多风的秋夜。

这时间，阳光刺眼，她与许多人相遇，并对他们说话，有些见过知道名字，有些则素不相识。关于婚礼的打算经过一次次的叙述，逐渐成形并固定下来，最终变得一字不可更改。到十一点半时她已经很累了，甚至心里的乐章也因疲惫而拖沓下来。让人了解真我的需要，暂时已获得满足，于是她回到了出发点——镇里的主街。这里的人行道被烈日白热的光烤得发亮，行人寥寥。

她每次上街总要经过父亲的小店。父亲的商店和蓝月亮在同一个街区，但离主街只隔着两个门牌号，地段要好得多。这家商铺门面狭小，橱窗陈列着装在天鹅绒盒子里的精美珠宝。橱窗往后是她父亲的工作台，当你从人行道走过，可以看见她父亲正埋头干活。他的头俯在小小的手表上，褐色的大手悬空操作，像蝴蝶停落一般轻巧。你会发现他父亲是小镇的名人，他的模样和名字尽人皆知。而她父亲对此并不引以为荣，对停下来看他的人连眼都不抬。但是，今天早上他不在工作台上，而是在柜台后面，正把衬衣袖子放下来，看样子准备穿上外套出去。

长条的玻璃展柜里面装着光彩照人的珠宝、手表和银器，店里有一股修手表用的煤油味儿。她父亲用食指从长长的上唇拭去汗珠，然后烦恼地揉着鼻子。

“整个上午你到底去哪儿了？贝丽尼斯打了两次电话找你。”

“我把全镇走了个遍。”她说。

但他没有留心听。“我要去你派特姑妈家，”他说，“她今天收到一个坏消息。”

“什么坏消息？”弗·洁丝敏问。

“查尔斯大叔死了。”

查尔斯大叔是约翰·亨利·韦斯特的叔公，虽然她和约翰·亨利是嫡亲表姐弟，查尔斯大叔却不是她的血亲。他住在二十一英里以外，仁佛路旁一间绿树成荫的木头农舍，周围是红色的棉花地。他年纪老迈，抱病已久，有人说他的一只脚已经踏进了坟墓——他还总穿着拖鞋。现在他死了。但这与婚礼无关，因此弗·洁丝敏不过是说了句："可怜的查尔斯大叔。太不幸了。"

她父亲走到又脏又旧的灰色天鹅绒布帘后面去。布帘把小店一分为二：前面是较宽敞的铺面，后面是狭小的、积满灰尘的私人空间。帘后有一台水冷却器，一些摆盒子的架子，和一只大号的铁保险箱，钻石戒指晚上就锁在里面以防盗贼。弗·洁丝敏听到爸爸在后面走来走去，她小心地在橱窗后的工作台前坐下。一只手表，已经被分解，躺在绿色吸墨纸上。

她的血液里有强烈的钟表匠人的遗传。老弗兰淇向来喜欢坐在她父亲的工作台前。她会戴上父亲的眼镜，上面架着放大镜，蹙着眉头忙活着，将东西往煤油里浸。车床她也去摆弄一番。有时候，道上的三两闲人会聚在一起，从街上朝她看。她想象着他们会说："弗兰淇·亚当斯替她父亲干活，一星期挣十五元。她修店里最棘手的表，还和她父亲一起去世界林业人员协会俱乐部，瞧瞧吧，她给家里争了光，还是全镇的骄傲。"她一边眉头紧皱对着手表大做忙碌状，一边这样想象他们的对话。但今天她看着摊开在吸墨纸上的手表，没有去戴放大镜。关于查尔斯大叔的死，她有必要再说些什么。

等父亲从帘后出来，她说："查尔斯大叔一度是个重量级人物，这将是全县的损失。"

这话看起来没能引起父亲的注意。“你最好回家去，贝丽尼斯一直在打电话找你。”

“记住你说过我可以买一条礼服裙，还有袜子和鞋。”

“到麦杜格店里去记账。”

“真不明白为什么只因为麦杜格是本地的商店，我们就得总上那儿买东西，”她出门时嘴里嘀咕，“我要去的地方，有好多商店，都比麦杜格大一百倍。”

第一浸礼会教堂塔楼上的钟敲响了十二下，工厂的汽笛尖声鸣叫。街道静悄悄的，让人昏昏欲睡，就连那些在路边朝着街中央的草坪隔离带打斜停靠的车辆，也仿佛不胜劳累而睡着了。午间零星的几个路人，都紧贴着遮阳篷下收缩的阴凉行走。烈日晒得天空失色，强光下砖墙的商铺看起来干枯发黑。有一栋建筑的顶部飞檐悬垂，远远望去，仿佛是一栋砖房赫然正在融化。在这正午的沉寂之中，她又听到了耍猴人的手风琴。这声音永远吸引着她的脚步，她不由自主朝它走去。这一次她会找到他们，跟他们说再见。

弗·洁丝敏沿路急赶，眼前浮现出他们的模样——不知道他们是否还记得自己。老弗兰淇一向很喜爱那猴儿和耍猴人。他们彼此相像——都有一副赔小心、探问似的表情，像是每时每刻都在担心出什么差错。事实上，那猴子倒真是几乎没有不犯错的时候。它跟着手风琴的伴奏跳完舞后，原本应该摘下可爱的小帽子，转着圈儿伸向观众。但它常常把事情搞砸，对着耍猴人而不是观众，又鞠躬又伸帽。耍猴人先是恳求，最后就发了脾气，吱吱喳喳地责备起来。等他做出要掌掴猴儿的模样时，小猴子会吓得缩成一团，和他一起吱喳乱叫——他们面面相觑，带着一模一样惊慌愠怒的表情，皱巴巴的脸孔让人可怜。着了迷的老弗兰淇长时间地观看表演，跟在他们屁股后面到处走，脸上也开始染上了一副同样的神情。现在弗·洁丝敏热切地想看到他们。

手风琴嘶哑的乐声近在耳旁，虽然主街上没他们的身影，但也许再往前，下个街区的拐角处就是。弗·洁丝敏向他们赶去。快到街口时，传来另外一些声音，让她非常好奇地停下来细听。手风琴的音乐声中传来一个男人的争吵，和耍猴人的尖声呼喝。她还听到猴子也在尖叫。然后手风琴戛然停止，那两个声音都变得更高、更狂暴。弗·洁丝敏已经来到路口，这是西尔斯—罗伯克商店的转角。她慢慢走过商店，一转弯，看到了那奇怪的一幕。

面前是一条通向前街的狭窄的下坡路，在恣意的阳光下亮得耀眼。猴子和耍猴人站在人行道上，一个大兵在他们面前递出一把钞票——一眼看去有一百元的样子。大兵好像在发火，耍猴人也面色苍白，神情激动。从他们两人的争吵中，弗·洁丝敏推断出是士兵想买那只猴子。猴儿自己则瑟缩在一边，靠着西尔斯—罗伯克商店的砖墙。尽管是酷暑天气，它还穿着银纽扣的小红外套，小脸上满是惊恐和狂乱，就像一个人要打喷嚏时的模样。它可怜兮兮地一边发着抖，一边不断朝不存在的人鞠躬，向空气伸帽子。它明白那些怒气冲冲的声音是因它而起，觉得自己是罪魁祸首。

弗·洁丝敏站在近旁，不则声地听着，想将乱局看出个究竟。突然间，那大兵一把抓住了猴子的锁链。猴子尖声嘶叫，没等她反应过来，飞快地沿她的腿和身子攀援而上，蹲伏在她肩膀，小小的猴爪抱住她的头。事情在一瞬间发生，她完全吓呆了，僵在原地一动不动。争吵顿止，除了猴子还在吱吱尖叫，整条街鸦雀无声。那士兵目瞪口呆，犹自伸着他钞票满把的手。

首先回过神来的是耍猴人，他对着猴子柔声讲话。又是一眨眼之间，猴子已经从她肩膀跳下，落在耍猴人身后背的手风琴上。他们俩走了。他们飞快地转过拐角，就在临转弯前的一瞬间，他们同时回首，脸上是同样一副色厉内荏的古怪表情。弗·洁丝敏斜倚砖墙，好像那猴子还站在肩上，鼻子里仍闻到它身上那一股酸酸的土腥味。她浑身哆嗦。士兵骂个不停，直到那一对儿从眼前消失。弗·洁丝敏这时才注意到，他长着红头发，就是那个在蓝月亮的士兵。他将钞票塞进口袋中。

“它确实是只可爱的猴子，”弗·洁丝敏说，“但它那样爬到我身上，真让人头皮发麻。”

士兵好像这才注意到她。他脸上的神情慢慢改变，怒气渐消。他看着弗·洁丝敏，从她的头顶，沿着她最好的欧根纱裙子，一路看到脚上的黑色浅口高跟鞋。

“我猜你一定很想得到那只猴子，”她说，“我也一直想要一只猴子。”

“什么?”他问道，然后又说，“咱们去哪儿?你跟我来还是我随你走?”声音含含糊糊，好像他的舌头是一块毡布，或者是用厚厚的吸墨纸做的。

弗·洁丝敏大出意外。这士兵要和她结伴，就像在一个观光小镇上，一个游客遇到另一个游客。有那么一刻，她想起自己以前听过这种对话，也许是在电影里——而且这是一种套话，问答也有固定的套路。因为不懂合路数的回答是什么，她小心地问：

“你往哪儿去？”

“钩住。”他说着，胳膊肘伸向她。

他们沿小路走下去，踩着正午自己缩小的影子。这士兵是那天唯一主动跟弗·洁丝敏说话并邀她同行的人。但是，当她开始讲起婚礼，却好像缺了点什么。也许是因为她在镇里逢人便说她的打算，现在已经可以获得满足。又或者是因为她感觉到士兵没有真的在听。他用眼角瞟着那粉红色纱裙，嘴边似笑非笑。弗·洁丝敏总是无法跟他步伐一致，尽管她很用心。他的腿好像松松地挂在身上，使他走起路来晃晃荡荡。

“你从哪个州来，如果可以问的话？”她彬彬有礼地说。

他回答前的那一秒钟，已足以让她跃动的思绪掠过好莱坞、纽约，还有缅因。士兵回答说：“阿肯色。”

在联邦的四十八个州里，阿肯色是极少数从来没有特别吸引过她的州之一——想象遇到阻滞，立即调转方向，她问道：

“你知道自己要去的是什么地方吗？”

“只是随便逛逛，”士兵说，“我休三天假，出来放松一下。”

他误解了她的问题，她问的是作为一个士兵，他将会被派往世界上的哪个国家。但是，她还没来得及解释自己的意思，他又说道：

“前面拐角有一间旅馆，我住在里面。”他说着，眼光还停在她裙子打褶的领口上，又加了一句说，“好像我以前在哪里见过你。你到‘闲暇时光’跳过舞吗？”

他们沿前街走去，现在街上有了些星期六下午的气氛。鱼肆二楼，有位女士正在窗边擦干她的一头黄发，同时朝下面两个路过的士兵打着招呼。一个街头传教士，全镇知名的人物，正在街角向几个在仓库干活的黑人少年，以及一群骨瘦如柴的孩子们传教。但弗·洁丝敏无心于身边发生的事。士兵提到的跳舞和“闲暇时光”像童话中的魔棒一样触动了她的心思，她第一次意识到，自己正和一位士兵结伴同行，他是那些漫游街头、笑语喧哗的，或者有大女孩儿陪伴的人们中的一个。往常他们在“闲暇时光”跳舞开心的时候，老弗兰淇已经上床睡觉。除了伊芙林·欧文，她还从没跟人跳过舞，也从未踏足过“闲暇时光”。

而现在，弗·洁丝敏和一位士兵同行，在他心里，已接纳她参与那种前所未知的快乐。但她并不是一门心思地骄傲，还有一种说不清道不明的不安。中午空气沉闷，黏稠有如热糖浆，棉纺厂染房里飘来的气味让人窒息。她隐隐听到主街上有手风琴在演奏。

士兵停住脚步。“就是这间旅馆。”他说。

他们停步在蓝月亮门前，弗·洁丝敏很惊讶地听到它被称为旅馆，她一直只当它是咖啡馆。士兵为她拉开纱门时，她注意到他有一点摇晃。从外面强烈的光线下走进去，她眼前先是一片炫目的红光，然后就是黑暗，过了片刻，双眼才适应了里面的蓝光。她跟着士兵坐进右边的一个火车座。

“要一杯啤酒吧。”他说，不是在问，像是想当然地认为她会说好。

弗·洁丝敏并不喜欢啤酒的味儿。有那么一两次，她偷偷从父亲的杯里尝过几口，酸涩难咽。但士兵没有给她选择的机会。“好的，”她说，“谢谢你。”

虽然经常想起，并曾在剧本里写到，她却从未进过旅馆。她父亲住过几回，有一次还从蒙哥马利给她带回两小块旅馆里的香皂，她一直保留着。她带着新的好奇环视蓝月亮，骤然间产生了一种一本正经的感觉。在火车座里坐下时，她小心地抚平裙子，不让裙褶坐乱，就像参加晚会或者进了教堂。她正襟危坐，脸上显出很有教养的样子。不过蓝月亮在她看来，始终更像是咖啡馆，而不是真正的旅馆。她没看到那个愁眉苦脸、面色苍白的葡萄牙人。一个镶着颗金牙、笑眯眯的胖女人，在柜台后为那个士兵倒上啤酒。后面的楼梯上去也许就是客房，台阶上铺着长条的油毡布地毯，被一只蓝色霓虹灯泡照亮。收音机里一支快活的合唱队唱着广告歌：但丁口香糖！但丁口香糖！但丁！充斥啤酒味儿的空气让她想起墙后藏着死老鼠的房间。士兵端着两杯啤酒走回火车座。他舔舔流到手上的泡沫，在屁股上擦了擦手。等他坐下后，弗·洁丝敏开口说话，那声音对她来说全然陌生，新的——从鼻腔发出的高音，文雅而矜持。

“你不觉得这很让人兴奋吗？此刻我们坐在这张桌子边，而谁也不知道一个月后我们将身在何地。也许明天军队就会把你派往阿拉斯加，就像我哥哥那样。又或者是法国，非洲，缅甸。我一点不知道自己会去哪里。大家都去阿拉斯加待上一段日子也好，然后再去其他地方。他们说巴黎已经解放了。依我看，战争下个月就会结束。”

士兵举起酒杯，脖子后仰，吞下啤酒。弗·洁丝敏也喝了几口，虽然那味道让她讨厌。今天她不觉得世界飘零、分裂，时速千里，因此战争场面和远方的土地也不再飞旋得让她眩晕。世界与她从未如此接近。和士兵对坐在蓝月亮的火车座里，她突然看到他们三人——她自己、她哥哥，和新娘子——沿着海滩，漫步在阿拉斯加清冷的天空下。波浪凝成青碧的寒冰，在沙滩上层层堆叠。他们攀上阳光照耀的冰川，满目透凉的晶莹，一条绳索将他们三人紧紧相连，有朋友从另一座冰川用阿拉斯加口音喊着他们JA开头的名字。她又看见他们身处非洲，与一群布袍裹身的阿拉伯人一起，骑着骆驼在风沙中飞驰。缅甸则是森林蔽日，她在《生活》杂志中看到过图片。因为婚礼，那些遥远的地方，还有这个世界，仿佛尽数变得伸手可及：它们与冬山的距离之近，正如冬山之于这里。事实上，反而是眼前的现实，让弗·洁丝敏觉得有一点虚幻。

“是的，很让人兴奋。”她又说一次。

士兵喝完了啤酒，用满是雀斑的手背擦擦嘴上的酒沫。他的脸尽管不胖，却显得肿胀，在霓虹灯的光影中油汪汪的。他有成千上万的雀斑，唯一让她觉得可取的，是那头鬈曲光亮的红发。他两只眼睛是蓝色的，凑得很近，眼白发青而浑浊。他盯住她瞧，神情很怪，不像一位旅客看另一位旅客，却有一种同谋间心照不宣的意味。有好几分钟他没说话。然后，等他终于开了口，却听得她摸不着头脑，半点儿都不明白。她仿佛听到士兵在问：

“这碟小菜是谁呢？”①

桌上并没有菜。她有几分不自在，觉得他的话含意隐晦。她想改

① 俚语中以“菜”指“漂亮姑娘”。

变话题：

“我告诉过你我哥哥也是军人。”

但士兵好像没有听进去。“我敢发誓以前在哪儿见过你。”

弗·洁丝敏的疑虑更重了。她意识到士兵以为她比实际年龄大，得意之中又有几分不安。她没话找话，说道：

“红头发有些人不太喜欢，但却是我的偏爱。”她想起哥哥和新娘，又加了一句：“除了褐色和黄色以外。我总是想，上帝将鬈发浪费在男孩子身上实在是太可惜了，那么多女孩得顶着一头直得像拨火棍一样的头发走来走去。”

士兵身子往前倾，依然盯着她看。然后他开始用手指学走路。两只手的食指和中指，在桌面上交替着向她走来。那几根手指很脏，指甲下面有黑色的污垢。弗·洁丝敏有一种感觉，奇怪的事情就要发生。就在这时，一阵乱哄哄的喧闹声传来，三四个士兵互相推推攘攘走进旅馆，一时间人声嘈杂，纱门砰然作响。士兵的手指在桌面上停下来，他扫了一眼其他士兵，眼里那副古怪的神色消失了。

“那只猴子确实很可爱。”她说。

“什么猴子？”

不安进而变为感觉不妙。“嗯？就是那只你几分钟前想买的猴子呀。你怎么啦？”

情形有些不对，士兵举起双拳抵在头上。他身子软下来，向后靠在椅背上，好像虚脱了一般。“啊，那只猴子！”他用那含混不清的嗓音说，“都是喝了那么多啤酒然后顶着太阳走路的缘故。我折腾了一个晚上，”他叹了口气，双手松开摊在桌子上，“我想我是累坏了。”

头一遭，弗·洁丝敏开始盘算自己来这里干什么，不回家到底对不对。其他几位士兵围着楼梯口的一张桌子坐下，金牙女士在柜台后忙碌着。弗·洁丝敏喝完了她的啤酒，乳白的泡沫在空杯子里挂了一道花边。旅馆里闷热的空气突然让她感觉有点不适。

“我得回家了，谢谢你招待我。”

她从桌旁站起，但士兵伸出手，拉住她的裙子。“嗨！”他说，“别就这样走了，咱们得把今晚安排安排，九点钟来个约会怎么样？”

“约会？”弗·洁丝敏觉得自己的头似乎变得又大又空，另外，啤酒使她的腿也感觉异样，她要摆布的像是四条腿，而不是两条。换作其他任何一天，而非今日，都几乎不可能有人想和她约会，更别说一位士兵。约会这个词本身便是属于大人的词汇，是年纪更大的女孩们用的。不过她的愉悦再次打了折扣。如果他知道她还不满十三岁，绝不可能约她，又或者根本就不会跟她搭茬。她感觉有一点恍惚，有一点不安。“我不知道——”

“没问题的，”他怂恿道，“我们九点钟在这儿会合，然后可以去‘闲暇时光’什么的，你喜欢的是吗？九点钟到这儿来。”

“好吧，”她最后说，“我没问题。”

她又走在了炽热如焚的人行道上，骄阳的怒火下行人显得黝黑干瘪。旅馆的半个小时稍稍打乱了她的心情，过了一会儿才重新找回早晨对婚礼的感觉。但这并未费时太久，一到主街她的心情便已完全恢复。弗·洁丝敏遇到一个在学校比她低两级的小女孩，半路叫住她，告诉她自己的计划，还说了士兵约会的事，这回口气里不免有了几分吹嘘。那女孩陪她去买参加婚礼的礼服，花了一个小时，这意味着试穿了超过一打漂亮的衣裙。

但婚礼的心情得以重现的主要原因，缘于回家路上发生的一件事。那是视觉加想象产生的神秘幻觉。她正往家走，陡地全身一震，像有一把飞刀抖颤着刺在胸膛上。她定定地停在当路，一只脚还举在半空，一时间不明白究竟发生了什么事。侧后方有什么东西，在她左眼角的一点余光中飞快地闪过。惊鸿一瞥间，她看到刚刚经过的小巷里，有紧贴在一起的两个黑影。就因这仓促掠过的影子，眼角中的一点闪动，她脑子里突然跃出一幅哥哥和新娘的画面，明亮刺目如电光一闪。一如当时那一刻，她看到他们俩站在卧室壁炉前，他揽着她的肩。画面如此鲜明，弗·洁丝敏突然觉得贾维斯和嘉尼丝就在她身后的小巷里，她一瞥之间看到的就是他们——虽然她知道，而且很清楚，他们人在冬山，几乎一百英里之遥。

弗·洁丝敏将悬空的脚落在路面上，慢慢扭头朝后看。耀眼的阳光中，一条狭窄幽暗的小巷夹在两间杂货店当中。她没有直接望向目标，不知怎么几乎有点胆怯。眼睛悄悄沿砖墙溜过去，她再次瞥见那两个紧贴在一起的黑影。她看到了什么？弗·洁丝敏愣住了。巷子里不过是两个黑人男孩，一个高些，手搭在矮个儿的肩膀上。如此而已——但角度和他们站立的方式，或者是他们的姿态，突然唤起了她哥哥和新娘的形象，让她大受震荡。在他们清晰而真切的幻象中，这个上午告一段落，她于两点钟回到家里。

2

贝丽尼斯上周一烤坏了一个蛋糕，今天下午就像蛋糕的中央部分。老弗兰淇很高兴那蛋糕做坏了，不是出于恶意，而是因为她最喜欢烤塌了的蛋糕。她爱吃靠近中心处湿湿的、黏黏的、香味最浓的部分。她不明白为什么大人觉得这种蛋糕是失败之作。上周一做的是一块长方形大蛋糕，周边疏松，高高膨起，中间湿腻，彻底塌陷下去——在明朗轻快的早晨之后，下午空气稠重致密，一如那蛋糕的中心。而且，因为这是最后一个下午，厨房熟识的格调和氛围让弗·洁丝敏有了一种陌生的亲切感。两点钟她进屋时，贝丽尼斯正在熨衣服，约翰·亨利坐在桌边，用一根小管吹肥皂泡，他盯着她看了半晌，眼神又忌妒又诡秘。

“你到底跑哪儿去了？”贝丽尼斯问。

“有件事我们知道可你不知道，”约翰·亨利说，“你知道是什么吗？”

“什么？”

“贝丽尼斯和我要去参加婚礼。”

弗·洁丝敏正脱下欧根纱裙，听了这话大吃一惊。

“查尔斯大叔死了。”

“我听说了，但——”

“是的，”贝丽尼斯说，“可怜的老头今天早晨去世了。他们要将遗体运到奥佩莱卡的家族墓地去。所以约翰·亨利要和我们一起待几天。”

既然了解到查尔斯大叔的死会在某种意义上影响婚礼，她便在脑子里给这件事腾出些地方。贝丽尼斯熨完了衣服，弗·洁丝敏穿着衬裙，坐在通向她房间的楼梯上，闭目凝思。查尔斯大叔住在乡间一栋树荫环绕的木屋里，已经老得啃不动玉米。今年六月他病倒了，从此变得百般挑剔。褐色皮肤的他躺在床上，日渐枯干，衰老到了极点。他抱怨说墙上的画挂歪了，于是他们取下所有的画——没有用。他抱怨自己的床放错了位置，于是他们又移了床——但也不是那么回事。然后他的嗓子坏了，他努力想说什么，但喉咙里像塞满糨糊，没人能明白。星期天，韦斯特一家去看他，带上了弗兰淇。她蹑手蹑脚走近里面卧室敞开的门边。他看起来像是棕褐色木头雕成的老人像，上面盖着一层被单。只有眼睛能动，但它们像蓝色果冻。她感觉它们会从眼窝里跌出来，像湿淋淋的蓝果冻一样滚下他僵硬的脸。她站在门口盯着他看——然后又踮着脚走了，害怕不已。他们后来终于弄清，他是在埋怨窗外射入的阳光照错了方向。但真正折磨他的不是这个，而是死亡。

弗·洁丝敏睁开眼睛，伸了伸胳膊。

“死是很可怕的事！”她说。

“嗯，”贝丽尼斯说，“老人受了很多折磨，也算是到寿了。这是上帝给他安排好的日子。”

“我知道。但想起来还是觉得太古怪，他偏要死在婚礼前一天。究竟为什么你和约翰·亨利也非得跟着去参加婚礼呢？我还以为你们会待在家。”

“弗兰淇·亚当斯，”贝丽尼斯说着，突然双手叉住了腰，“你是这世上最自私的人。我们一样都闷在厨房里，而且——”

“别叫我弗兰淇！”她说，“我不想再提醒你了。”

刚过中午，过去正是轻音乐队的演奏时间。现在收音机关掉了，厨房里肃穆而寂静，听得到远处的响动。一个低沉的黑人的声音从人行道传来，含糊的调子吆喝着蔬菜的名字；一声拉长的无字的呼喊；附近某处，有铁锤敲击，每一下都激起响亮的回声。

“如果你知道我今天都到了哪些地方，一定会大吃一惊。我把全镇逛了个遍，看到了猴子和耍猴人。还有一个士兵，手里抓着一百块钱，想买那只猴子。你见过有人在大街上买猴子吗？”

“没有。他喝醉了？”

“喝醉？”弗·洁丝敏说。

“呀，”约翰·亨利说，“猴子和耍猴人！”

贝丽尼斯的问题让弗·洁丝敏颇觉不安，她费了一点时间去思量。“我不认为他喝醉了，谁都不会在大白天喝醉酒。”她本来想跟贝丽尼斯讲讲士兵的事，但现在有些迟疑。“不管怎么说，还有些事——”她的声音越来越低，最后听不见了。她看着一只泛着虹彩的肥皂泡静静飘过。这样坐在厨房里，赤着脚，只穿衬裙，很难对那士兵加以忖度和评判。关于晚上的约会，她心里委决不下。这番踌躇让她心烦，于是她改变了话题。“我希望你今天把我的好衣服全都洗净熨好，我要带到冬山去。”

“何必呢？”贝丽尼斯说，“你只去一天而已。”

“你没听到吗，”弗·洁丝敏说，“我告诉过你婚礼后不再回来。”

“真是又傻又拧。你比我想的还要傻得多。凭什么你觉得他们愿意让你跟着？两人是伴，三人添乱。这就是婚礼的真谛。两人是伴，三人添乱。”

弗·洁丝敏老早就发现，跟俗语较劲是很困难的事。她乐于在故事里和言谈中使用俗语，但想驳倒它们可不容易，于是她说：

“你就等着瞧吧。”

“还记得大洪水时期？记得诺亚和方舟？”

“跟这个有什么关系？”她问。

“记住他收留那些动物上船的方式。”

“啊，闭上你那张大破嘴。”她说。

“一对儿一对儿，”贝丽尼斯说，“他每种动物收留一对儿。”

那个下午的拌嘴，从头至尾，都是关于婚礼。贝丽尼斯拒绝跟随弗·洁丝敏的思路。一开始，她就像警察抓坏蛋一样，企图揪住弗·洁丝敏的领子，将她拽回起点——回到那在她记忆里似乎早已远去的忧郁而惶乱的夏季。但弗·洁丝敏自有主张，决不让她抓住。贝丽尼斯在她所有的想法中挑毛病，由始至终，贝丽尼斯的每句话都是否定的，想尽办法要把婚礼的意义打发掉。但弗·浩丝敏不会让她得逞。

“瞧，”弗·洁丝敏说，她捡起刚脱下的粉红纱裙，“记得我刚买这条裙子时，领子上打着细小的褶皱裥，但你看给你熨得全没了形，现在我们必须把那些小褶子恢复原样。”

“那么这活谁来干呢？”贝丽尼斯说。她捡起裙子，审视它的领口，“我的麻烦事情多着呢。”

“反正，一定得弄好，”弗·洁丝敏坚持道，“领子本来就该这样。而且，也许今晚我还要穿它出去。”

“去哪里，拜托你告诉我好吗？”贝丽尼斯说，“回答你一进来我就问的问题。整个上午你到底跑到哪里去了？”

与弗·洁丝敏所料不差分毫，贝丽尼斯就是这样拒绝理解。而且，既然这事更关乎感受，而非言辞或具体的事，因此她发现也无从解释。当她讲到联系，贝丽尼斯浑然不解地瞪了她半天——她接着讲到蓝月亮和那许多人，贝丽尼斯宽扁的鼻子张得更宽，大摇其头。弗·洁丝敏没提那个士兵，虽然几次话到口边，都有所警觉而住了口。

当她说完后，贝丽尼斯说：

“弗兰淇，我真心地相信你已经疯了。在镇里到处跑，跟完全陌生的人讲你那鬼话。你心里清楚得很，这样发痴傻透了。”

“你等着瞧，”弗·洁丝敏说，“他们会带上我。”

“如果他们不呢？”

弗·洁丝敏拿起装有银色皮鞋的鞋盒，和包扎好的装礼服的盒子。“这些是我参加婚礼穿的，晚些再给你看。”

“如果他们不呢？”

弗·洁丝敏本来已经抬脚上了梯楼，听到这话停下来，转身对着厨房。房间一片寂静。

“如果他们不带我，我就自杀。”她说，“不过他们会的。”

“怎么自杀？”贝丽尼斯问。

“我会用枪打自己的太阳穴。”

“哪来的枪？”

“枪在爸爸五斗橱右边的抽屉里，藏在手帕底下，和妈妈的照片放在一起！”

贝丽尼斯有一会儿没作声，脸上的神情让人琢磨不透。“亚当斯先生说过的，你知道乱动那把枪会怎样。现在上楼去吧，饭很快就好。”

饭开得很晚，这将是他们三人一起在厨房桌边吃的最后一餐。每逢周六，开饭时间便不固定。今天他们四点才吃，此时八月的太阳已经斜照，过气的光芒长长地越过院子。下午的这个时候，道道阳光落向后院，似乎形成了一间以光束为栅的明亮而奇异的牢房。两棵绿油油的无花果树亭亭如盖，葡萄架迎着阳光，投下浓荫。午后的太阳未能将斜晖送进屋子的后窗，所以，厨房里阴阴的。他们三个四点开始吃饭，一直吃到黄昏，这餐有跟筒骨一起煮的“蹦高约翰”[1]。吃的时候，他们聊起了爱情。这是弗·洁丝敏长大至今从未谈过的话题。首先，她从不相信爱情，她的剧本也一向对它敬而远之。但这个下午，

---

① 一种用豆子、火腿和米饭一起煮的食物。

当贝丽尼斯开始说起，弗·洁丝敏没有塞住两边耳朵，而是一边安静地吃豌豆和米饭，喝炖菜汤，一边听着。

“我听说过很多稀奇古怪的事，”贝丽尼斯说，“我认识一些男人，爱上的女孩那么丑，让你怀疑他们的眼睛是不是有毛病。还有一些婚礼，要多古怪有多古怪。我曾经认识一个小伙子，整张验都被烧坏了，所以——”

“是谁？”约翰·亨利问。

贝丽尼斯咽下一块玉米饼，用手背擦擦嘴。“我认识一些女人，爱上了名副其实的撒旦，当他们开豁的蹄子迈进自己的门槛时，她们还要感谢上帝。我认识一些男孩，心血来潮爱上别的男孩。你认识莉莉·梅·詹金斯吗？”

弗·洁丝敏想了想，然后回答：“我不确定。”

“呃，认识就是认识，不认识就是不认识。他穿着粉色绸上衣四处招摇，一只手还叉着腰。这位莉莉·梅爱上了一个叫尊尼·琼斯的男人。男人，听到了吧。后来莉莉·梅变成了姑娘。他改变了天性和性别，成了个姑娘。”

“真的？”弗·洁丝敏问，“他真的变了？”

“真的，”贝丽尼斯说，“彻头彻尾。”

弗·洁丝敏挠挠耳背，说：“很奇怪，我想不出你是在说谁。我一直以为自己认识的人很多。”

“呃，你不是非得要认识莉莉·梅·詹金斯，不认识他你也照样活着。”

“不管怎样，我不相信你说的。”弗·洁丝敏说。

"呃，我不跟你吵，"贝丽尼斯说，"我们在说什么来着？"

"怪人怪事。"

"哦，对。"

他们停了一会儿没说话，继续吃饭。弗·洁丝敏胳膊肘支在桌上，光脚的后跟踩住椅子的横档。她和贝丽尼斯相向而坐，约翰·亨利面朝窗户。"蹦高约翰"是弗·洁丝敏最热爱的食物。她总是警告他们，当她被装进棺材的时候，记得用一盘豌豆饭在她鼻子面前晃晃，以此确保没有弄错。因为只要她还剩一口气，都会坐起来吃。但如果她闻到"蹦高约翰"的味道，却无动于衷，那他们只管动手钉住棺盖，她一定是死透了。贝丽尼斯挑选给自己做死亡测试的是油炸淡水鳟鱼，约翰·亨利是奶油蛋白软糖。但尽管弗·洁丝敏最喜欢"蹦高约翰"，另外两人也蛮欣赏，这一餐他们三人大快朵颐：熏猪肘，蹦高约翰，玉米饼，烤红薯和酪乳。他们一边吃一边继续聊天。

"没错，我刚刚说了，"贝丽尼斯说，"我这辈子见的怪事有好多。但有一件，我既不知道，也没听人讲过。没有，先生，从来没有。"

贝丽尼斯不说了，坐在那儿摇头，等着他们追问。但弗·洁丝敏不说话。是约翰·亨利从盘子上抬起好奇的小脸，问："是什么，贝丽尼斯？"

"没有，"贝丽尼斯说，"我一生从没听说过，有人会爱上一个婚礼。我知道的怪事多了，但只有这个闻所未闻。"

弗·洁丝敏嘟囔了一句什么。

"所以我想了又想，得出一个结论。"

"怎么弄的？"约翰·亨利突然问道，"那男孩怎么变成女孩子的？”

贝丽尼斯瞧了他一眼，拉了拉他脖子上围的餐巾。“那只是一件怪事儿，乖乖。我不知道。”

“别听她的。”弗·洁丝敏说。

“所以我在心里想了又想，得出一个结论。你该考虑的是找个小情郎。”

“什么？”弗·洁丝敏问。

“你听到了，”贝丽尼斯说，“小情郎。一个追求你的可爱的白人小男孩。”

弗·洁丝敏放下叉子，把头扭向一边。“我不想要什么情郎，要来做什么呢？”

“做什么，你这傻瓜？”贝丽尼斯问，“嘿，让他请你看电影，这就是一件。”

弗·洁丝敏抚平前额的刘海，脚踩在横档上滑过来滑过去。

“现在你要改掉粗鲁自大和贪嘴的毛病，”贝丽尼斯说，“你要打扮得漂漂亮亮，讲话要温柔，做事要乖巧。”

弗·洁丝敏低声说：“我没粗鲁贪嘴，我已经改了。”

“哦，太好了。”贝丽尼斯说，“那就想办法让人追求你。”

弗·洁丝敏想跟贝丽尼斯说士兵和旅馆，还有晚上约会的邀请。但什么东西使她欲言又止，她旁敲侧击试探地说：“什么样的情郎？你是说比如——”弗·洁丝敏顿住了，最后一个下午，在家里的厨房中，士兵显得不那么真实。

“那我可没法给你建议，”贝丽尼斯说，“你得自己去决定。”

“比如一个可以请我去‘闲暇时光’跳舞的士兵？”她没有看贝丽尼斯。

“谁说士兵和跳舞了？我是指跟你一样年纪的乖乖的白人小男友。巴尼这小子怎么样？”

“巴尼·迈基恩？”

“嗯，当然是他。拿他开个头挺不错。你可以和他处着看，直到别的什么人出现。他挺合适。”

“巴尼那个差劲的讨厌鬼！”车库里很黑，有一线阳光从紧闭的门缝里刺入，还有尘土的气息。但她不让自己回想起他展示给她的莫名的罪恶，过后她因此想飞刀刺进他的两眼之间。她用力甩甩头，把盘子里的豌豆和米饭一通乱搅。“你是镇上最大的疯子。”

“疯子管正常人叫疯子。”

她们又开始埋头吃饭，约翰·亨利却没有。弗·洁丝敏忙着切玉米饼，在上面涂黄油，又要捣烂蹦高约翰，还要喝牛奶。贝丽尼斯吃得慢些，风度优雅地把肉从肘子上一点点片下来。约翰·亨利在一旁轮流看着她俩。听完她们的对话，他停下吃饭，思考起来。过了一会儿他问：

“你有多少个？那些追求者。”

“多少？”贝丽尼斯说，“宝贝儿，这些辫子里有多少头发？你是在跟贝丽尼斯·赛蒂·布朗说话哎。”

于是贝丽尼斯又来了劲，滔滔不绝地都是她的声音。当她这样开始讲起一个严肃的话题时，话语便连绵不断，一个字一个字首尾相接，说着说着就有了节奏。在夏日午后厨房的晦暗中，她的声音圆润、柔和，你完全可以只听她的音色和节奏，而不理会其中的字句。弗·洁丝敏任长长的话音在耳中盘旋回荡，但其措辞和含义却未在心中留下任何痕迹。她坐在桌边听，不时地想起一件事，是她这辈子觉得最不可解的：贝丽尼斯言谈间总当自己是大美人。在这一问题上，贝丽尼斯的神志确乎不大清楚。弗·洁丝敏听着她的声音，隔着桌子盯着她看：黑脸上嵌着吓人的蓝眼珠，十一条抹了油的发辫结在头上，像一顶瓜皮帽，宽扁的鼻子说话时一张一翕。说贝丽尼斯是什么都行，但绝对不是美人儿。看来应该劝劝贝丽尼斯。因此她趁着话语的间歇说道：

“我觉得你应该省省心，别再琢磨情郎的事了，有 T.T. 就知足吧。我打赌你有四十岁了，该安定下来啦。”

贝丽尼斯噘起嘴，用那只黑色的活眼珠盯着弗·洁丝敏。“真会说话，”她道，“你打哪儿懂这么多事呢？我和其他任何人一样，有权利尽情享受下去，只要还能够。眼下，我还没有某些人估摸的那么老。我还能来例假呢。在缩到角落里之前，我的日子还长着呢。”

“哎，我不是说要缩到角落里。”弗·洁丝敏说。

“我知道你在说什么。”贝丽尼斯说。

约翰·亨利听着看着，嘴唇上一圈干了的炖菜汤。一只硕大的绿头苍蝇懒洋洋地围着他转，想停在他黏糊糊的脸蛋上，约翰·亨利不时挥挥手将它驱走。

“他们都请你去看电影吗？”他问，“所有那些情郎。”

“或者看电影，或者干别的。”她回答。

“你是说你从来不用自己付钱？”约翰·亨利问。

"没错，"贝丽尼斯说，"如果和男朋友出去就不用。如果我和一群女人去什么地方，就得自己付账。但我不是那种跟女人结队到处走的人。"

"你们那些人去费尔维尤旅行那次——"弗·洁丝敏说。去年春天的一个星期天，有个黑人飞行员用他的飞机搭载黑人。"谁付的账？"

"让我想想，"贝丽尼斯说，"哈尼和克劳丽娜付了他们俩的，不算我借给哈尼的一块四。盖普·克莱德自己管自己，T.T. 付了我和他的。"

"那么 T.T. 请你坐飞机咯？"

"没错，他付了去费尔维尤的来回汽车票钱，坐飞机的钱，还有小吃，全包了。哎，当然是他付账，你怎么会以为我能付得起钱，坐着飞机到处跑？我一个星期才赚六块钱。"

"我没想起来，"弗·洁丝敏承认道，"我想不出 T.T. 的钱是打哪儿来的。"

"赚的，"贝丽尼斯说，"约翰·亨利，把你的嘴擦干净。"

他们在桌边歇着。这个夏天，他们一顿饭要吃好几个回合：吃一回，歇一回，让食物有机会在胃里舒展安顿，过一会儿接着再吃。弗·洁丝敏将刀叉在空盘里摆成十字，开始问贝丽尼斯一个想了很久的问题。

"告诉我。是只有我们把这个叫蹦高约翰？还是全国都这么叫？这个名字有点怪。"

"呃，我听过好多种叫法。"贝丽尼斯说。

“是什么？”

“嗯，我听过叫豌豆饭的，又有叫豌豆饭加炖菜汤的，也有叫蹦高约翰的。你可以随便挑。”

“但我说的不是这个镇子，”弗·洁丝敏说，“我是指在其他地方。我是指全世界。不知道法国人怎么叫它。”

“噢，”贝丽尼斯说，“你问了一个我回答不了的问题。”

“Merci à la parlez.①”弗·洁丝敏说。

他们坐在桌边都没说话。弗·洁丝敏往后靠着椅子，头拧向窗户，看阳光穿过空院。寂静的小镇，寂静的厨房，只有钟声嘀嗒在响。弗·洁丝敏感觉不到世界的转动，一切都停滞了。

“我碰到一件离奇的事，”弗·洁丝敏说，“简直不知道该怎么说。是那种无法解释的怪事。”

“什么事，弗兰淇？”约翰·亨利问。

弗·洁丝敏从窗户转过头，未及开口，听到有声音传来。厨房的静默中，乐声风一样悄然穿过房间，接着，又是同样的音符。一组钢琴音阶在八月的下午从室内斜穿而过。和声响起，一连串和声梦幻般渐次爬升，像城堡里的一段阶梯。谁知在结尾时，就在第八个和声应该出现，这组音阶快要结束的时候，突然停顿，然后徘徊在前二个音符上。第七个音符，像是这组音阶断章的回声，不停地被弹了一遍又一遍，最后归于沉寂。弗·洁丝敏，约翰·亨利，还有贝丽尼斯面面相觑。邻近的某处，有八月的钢琴正在调音。

---

① 法语，意为“谢谢你的回答”。

“耶稣基督！”贝丽尼斯说，“我真的认为这实在让人无法忍受了。”

约翰·亨利哆嗦了一下了。“我也是。”他说。

桌上盘碟狼藉，弗·洁丝敏坐在桌前，纹丝不动。厨房的灰暗是一种没有生气的陈腐的灰暗，房间太呆板，太方整。琴声在沉寂过后重又响起，然后提高八度再来一次。弗·洁丝敏的眼睛随音调的上扬而渐渐抬高，就像她看着音符，从厨房的一处移动到另一处。当弹至最高音，她的视线便到达了天棚的一角。当一组长长的音阶下滑，她的头跟着慢慢转动，视线从天棚的角落向对面地板的一角移动。最低音奏响六次，使弗·洁丝敏的眼睛停在墙角的一双旧拖鞋和一只空啤酒瓶上。最后，她闭紧双眼，振作了一下精神，从桌边站起。

“这声音叫我难过，”弗·洁丝敏说，“还有一点神经紧张。”她开始在屋里走过来走过去。“别人告诉我，在米勒奇维尔，他们想惩罚谁，就把他捆起来，听钢琴调音。”她围着桌子走了三圈。“有些事我想问你。设想你认识了一个人，感觉非常特别，可是又不明白为什么。”

“怎么个特别？”

弗·洁丝敏心里想着那士兵，但又无法进一步说明。“假如你遇到一个人，觉得他很可能是个醉鬼，但又不能肯定。他希望你跟他一起参加一个大派对，或者去跳舞，你会怎么办？”

“嗯，从你说的来看，我不知道。这得看感觉。也许我会和他一起去参加派对，在那儿遇上个更合适我的。”贝丽尼斯的好眼睛突然眯缝起来，她紧紧盯着弗·洁丝敏：“你干吗问这个？”

房间里的沉默在延续，弗·洁丝敏听到了水池上方龙头的滴水声。她在努力寻找某种方式，好告诉贝丽尼斯那士兵的事。突然间电话铃声大作，弗·洁丝敏跳起来，打翻了面前的空奶杯，向门厅猛冲——但约翰·亨利，他离得更近，抢到了电话。他跪在电话椅里，还没开始接听，便已经对着话筒笑逐颜开。然后他一直“喂”个不停，直到弗·洁丝敏从他手里夺走话筒，自己开始说“喂”。至少二十声后，她终于挂了线。

“这种事情真让我生气，”他们走回厨房后她说，“还有邮车停在门口，邮差瞄一瞄我们的号码，然后又将盒子送到别人家去。我把这类事看成是某种预兆。”她叉开手指穿过理成平头的金发，“你知道，我明早离家之前，真得去算算命。这事我早就想做了。”

贝丽尼斯说：“换个话题，你什么时候把新裙子拿给我看？我急着想知道你都选了什么。”

弗·洁丝敏便上楼拿裙子。她的屋子好比是个热轴，房子里其余各处的热量向上升腾，聚集在那里，一到下午空气好像嗡嗡作响，所以让马达开着是明智之举。弗·洁丝敏打开马达，拉开衣柜门。到婚礼前的这一天为止，她一向把六套戏服在衣架上挂成一排，而平时穿的衣服则扔在搁板上，或者踢到角落里。但今天下午回家后，她改变了做法：戏服扔在了搁板上，衣架单独留给礼服。银色轻便皮鞋被小心地摆在裙子下方，鞋尖北指，朝着冬山的方向。出于某种原因，弗·洁丝敏在屋里踮着脚走动，开始换裙子。

“闭上眼睛！”她喊道，“别看着我下楼梯，我不叫就不准睁开。”

厨房的四面墙好像都在看她，挂在墙上的长柄锅正是一只瞪圆了的黑眼睛。连钢琴调音都暂时停止。贝丽尼斯垂头坐着，像在教堂里。约翰·亨利也低着头，不过却在偷看。弗·洁丝敏站在楼梯脚，左手支在屁股上。

“噢，好漂亮呐！”约翰·亨利说。

贝丽尼斯抬起头，当她看见弗·洁丝敏，脸上的表情可够瞧的。黑色眼珠从银发带一直看到银便鞋的鞋底。她一言不发。

“老实告诉我你的看法。”弗·洁丝敏说。

但贝丽尼斯看着那橙红色缎子的晚装直摇头，不予置评。一开始她只是轻轻地摇，但看得越久，摇的幅度越大，最后一摇时，弗·洁丝敏听到她的颈骨喀嚓一响。

“怎么啦？”弗·洁丝敏问。

“我以为你会买一条粉红色裙子。”

“可我进商店以后就改了主意。这条裙子怎么了？你不喜欢吗，贝丽尼斯？”

“不行，”贝丽尼斯说，“它不合适。”

“什么意思？它不合适？”

“就是这个意思，不合适。”

弗·洁丝敏转身看镜子，还是觉得裙子漂亮得很。但贝丽尼斯酸着一张脸，一副不以为然的别扭模样，表情与长耳朵老骡子相仿佛，让弗·洁丝敏不明所以。

“可我不明白你的意思，”她抱怨道，“哪儿不对啦？”

贝丽尼斯两臂抱在胸前，说：“呃，如果你不明白，我也解释不了。就先说你的头吧，从这儿看起。”

弗·洁丝敏看着镜中自己的头。

“你把头发剪得跟犯人一样短，这脑袋上没头发，却绑着一条银发带，看起来只觉得怪怪的。”

“噢，可是我今晚会洗头发，然后还要把它弄鬈。”

“再看这两只胳膊肘，”贝丽尼斯接着说，“你身穿成年妇女的晚装，橙红色的绸缎，胳膊肘上却结着褐色的硬皮，太不协调。”

弗·洁丝敏缩起肩膀，两手捂住自己上了锈一般的胳膊肘。

贝丽尼斯把头再猛摇一次，噘起嘴作了决定：“把它退回店里去。”

“可是不行！”弗·洁丝敏说，“这是减价货，他们不肯退。”

贝丽尼斯有两个座右铭，一个是广为人知的谚语：母猪的耳朵做不出丝绸荷包。另一句是：量布裁衣，物尽其用。弗·洁丝敏不能确定是否后一句座右铭让贝丽尼斯改了主意，还是她真的开始对那裙子的看法有了改观。不管怎样，贝丽尼斯侧着头把裙子看了片刻，然后说：

“过来。咱们把腰改改，看看还有什么办法。”

“我想你只是不习惯看到别人打扮得很隆重。”

“我是不习惯在八月看到人形圣诞树。”

贝丽尼斯解下腰带，将裙子各处又拍又抻，比划了一阵。弗·洁丝敏像帽架一样直挺挺地站着，让她摆弄裙子。约翰·亨利从椅子上站起来看，餐巾还系在脖子上。

“弗兰淇的裙子像棵圣诞树。”他说。

“两面派！”弗·洁丝敏说，“你刚刚还说它漂亮呢，臭两面派！”

钢琴又在调音。是谁家的钢琴弗·洁丝敏不清楚，但这声音又严肃又执著，在厨房里显得很突兀，它来自不太远的某个地方。调音师有时弹出一小段曲子，然后回到其中某个音，不断重复，认真而又发疯似的猛敲那同一个键。不停地重复，不停地敲。镇里的钢琴调音师是施瓦兹包姆先生。这些声音足以让乐师倒胃，让听者头晕。

“我简直怀疑他是成心折磨我们。”弗·洁丝敏说。

但贝丽尼斯不同意：“在辛辛那提他们也这样调音，全世界都一样。这就是他们的方式。我们把餐厅的收音机打开，把他盖过去。”

弗·洁丝敏摇头。“不，”她说，“我说不清为什么，但就是不想再开收音机，让我想起太多这个夏天的事。”

“往后退一点。”贝丽尼斯说。

她用别针将腰身提高了一些，还在其他一两处地方动了点手脚。弗·洁丝敏往水池上方的镜子里瞧，只能看到胸部以上。于是欣赏完自己的上半部分之后，她站到椅子上，看自己的中段。接着她又开始收拾桌子，想腾出一个角，爬上去看看镜子里的银色便鞋，但被贝丽尼斯制止了。

“老实说，难道你不觉得很漂亮吗？”弗·洁丝敏说，“我觉得很漂亮。说心里话，贝丽尼斯，告诉我真话。”

但贝丽尼斯发起火来，满腹牢骚地说：“从没见过这么不讲道理的人！你问我要真心话，我说了。然后你又问，我又说了。但你要的不是我的真心话，而是叫我对明知是错的东西说好。你这算是怎么回事？”

“好啦，”弗·洁丝敏说，“我只是想好看些。”

“你看起来很好，”贝丽尼斯说，“行为美才是真的美。你的样子参加谁的婚礼都不丢人，除了你自己的。到那时，上帝保佑，我们有条件做得更好些。我现在要做的事，是给约翰·亨利弄套新衣服，还有找出我自己要穿的行头。”

“查尔斯大叔死了，”约翰·亨利说，“我们要去参加婚礼。”

“是的，宝贝儿。”贝丽尼斯说。从她突然的沉默和恍惚中，弗·洁丝敏感觉到，贝丽尼斯记起了所有去世的故人。逝者在她心中一一走过，她正回想着鲁迪·弗里曼，和远去已久的辛辛那提岁月，还有白雪。

弗·洁丝敏回忆起自己认识的已死去的七个人。母亲在她出生那天去世，所以不能算。她父亲五斗橱右手边的抽屉里有她母亲的一张照片——脸孔羞怯可怜——被叠起来的冰凉的手帕掩藏在抽屉里。还有，奶奶在弗兰淇九岁的时候去世，弗·洁丝敏对她印象深刻——但和歪歪扭扭的小相片一样，已经沉入记忆的底层。镇里一个叫威廉·波德的士兵那一年死在意大利，她知道他的模样和名字。西尔薇夫人，相隔两个街区，去世了。弗·洁丝敏曾站在人行道上旁观葬礼，但没被邀请。肃穆的大人围成圈站在前门廊，天下过雨，门上挂着黑丝带。她认识朗·贝克，他也死了。朗·贝克是个黑人男孩，他被谋杀在他父亲店铺后面的小巷中。在一个四月的下午，他的喉咙被剃刀拉开，巷子里的人一时间全从一个个后门消失了。后来听说他敞开的喉咙像一张疯狂抖颤的嘴，向四月的太阳说着阴世的话。朗·贝克死了，弗兰淇认识他。她还认识——但只不过是凑巧知道罢了——布若渥鞋店的皮特金先生，伯蒂·格瑞姆丝小姐，还有一个在电话公司爬电线杆的人：全死了。

“你经常会想起鲁迪吗？”弗·洁丝敏问。

“你知道我是的，”贝丽尼斯说，“我想起和鲁迪一起度过的那些年，还有那以后的所有苦日子。鲁迪决不会让我这么孤单，不然我怎么会跟那些个一无是处的家伙混到一起。我和鲁迪，”她说，“鲁迪和我。”

弗·洁丝敏抖着腿坐着，想着鲁迪和辛辛那提。全世界已死的人中，她最了解的是鲁迪，尽管与他素未谋面，甚至他死时她还未出生。她了解鲁迪和辛辛那提，还有鲁迪和贝丽尼斯一起北上看雪的冬天。这些事情她们已经聊了一千次，谈到此事贝丽尼斯总是缓缓道来，每一个句子都像一支歌。而老弗兰淇总是对辛辛那提问个不休。他们在辛辛那提吃的是什么，辛辛那提的街道有多宽？她们用唱咏一般的腔调，说起辛辛那提的鱼，辛辛那提桃金娘街房子的客厅，辛辛那提的电影。鲁迪·弗里曼是个泥瓦匠，有固定的丰厚收入，在所有丈夫中贝丽尼斯爱过的只有他。

“有时候我简直希望从来不认识鲁迪，”贝丽尼斯说，“你会被宠坏，让你此后太孤单。当你做完活，夜里走在回家的路上，隐隐的孤单单的感觉就会在你心里打颤。你交往了太多差劲的男人，只是为了摆脱这种感觉。”

“我明白。”弗·洁丝敏说，“但 T.T. 威廉姆斯并不差。”

“我没指 T.T. 威廉姆斯。他和我只是好朋友。”

“你不想着嫁给他吗？”弗·洁丝敏问。

“嗯，T.T. 是个挺正派的黑人绅士，”贝丽尼斯说，“你听不到他有什么传闻，不像别的男人一样到处胡来。如果我嫁给 T.T.，就能从这厨房脱身出来，站在餐厅的收银机后面用脚打拍子。而且，我打心眼里尊重 T.T.。他一辈子都是知恩善报的人。”

“那，你打算什么时候和他结婚？”她问，“他对你可痴情呢。”

贝丽尼斯说：“我不会和他结婚。”

“可你刚才说——”弗·洁丝敏说。

“我说的是我多么由衷地尊敬他、敬重他。”

“哦，那么——”

“我非常尊敬和敬重他，”贝丽尼斯说。她的黑眼睛平静而且严肃，说话时鼻翼张开，“但他不能叫我颤栗。”

过了一会儿，弗·洁丝敏说：“想到婚礼让我颤栗。”

“呃，真可怜。”贝丽尼斯说。

“还有一件事让我发抖，就是想到已经有多少认识的人死了。一共七个，”她说，“现在又加上查尔斯大叔。”

弗·洁丝敏用手指塞住耳朵，闭上眼睛，但这不是死。她能感觉到炉子的热气，闻到饭菜的味道。她能感觉到肚肠的蠕动和心脏的跳动。而死是无知无觉，不听不闻，一瞑不视：只有黑暗。

“死一定很可怕。”她说道，依旧穿着晚装，开始在屋里兜圈子。

架子上有个橡皮球，她把它投向门厅，在门上弹回来又一把接住。

“放下它，”贝丽尼斯说，“趁着没弄脏把裙子脱下来，去找点事情做，去把收音机打开。”

“我告诉过你我不想开收音机。”

她在房里乱转，贝丽尼斯说去做点儿什么，但她不知道做什么好。她穿着晚装走来走去，手撑在屁股上。银便鞋挤脚，她的脚趾发胀，挤在一起像十朵发疼的菜花。

“但我建议你，回来以后让收音机一直开着。”弗·洁丝敏突然说，“很可能有一天你会在收音机里听到我们说话。”

“什么意思？”

“我是说很可能有一天我们会被邀请到收音机里说话。”

“说什么呢，麻烦你告诉我吧。”贝丽尼斯说。

“我不知道具体是什么，”弗·洁丝敏说，“也许是对什么事的目击报道之类，叫我们上去说话。”

“不懂你的意思，”贝丽尼斯，“我们会目击什么？谁叫我们去说话？”

弗·洁丝敏猛地转过身，两只拳头按住屁股，瞪起眼珠。“你以为我是说你和约翰·亨利和我吗？啊，我这辈子都没听过这么好笑的事。”

约翰·亨利的尖嗓门透着兴奋：“什么，弗兰淇？谁在收音机里说话？”

“当我说*我们*，你以为我是指你和我和约翰·亨利·韦斯特，在收音机里对全世界说话。我出生以来从没听过这么好笑的事。”

约翰·亨利爬起来，跪在椅子上，额头可见蓝色的血管，脖子上筋脉绷起。“谁？”他喊叫道，“什么？”

“哈！哈！哈！”她说，然后放声大笑；她绕着圈在屋里折腾，用拳头砸东西，“嗬！嗬！嗬！”

约翰·亨利在尖叫，弗·洁丝敏穿着晚装在厨房胡闹，贝丽尼斯从桌边站起，高举右手要求肃静。然后突然间他们全都安静下来。弗·洁丝敏泥塑般站在窗前，约翰·亨利也急忙跑过去，两手扒着窗台，踮起脚朝外看。贝丽尼斯扭过头去看是怎么回事。这时候钢琴声也静了下来。

“噢！”弗·洁丝敏低声道。

四个女孩正走过后院。她们全都十四五岁，是俱乐部的成员。打头的是海伦·弗莱彻，其他人排成一行慢慢跟在后面。她们从奥尼尔家的后院穿过来，正缓步从葡萄架前走过。金色的阳光斜斜地倾泻在她们身上，将她们的皮肤也染上一层金黄色的光泽。她们穿着整洁光鲜的裙子。走过葡萄架时，每个人的影子在脚下伸出老远，细细长长地拖过庭院。马上她们就会走过去。弗·洁丝敏站着一动不动。在此前的夏日，她会怀着企盼，等着她们或许会喊她，告诉她已经被选为俱乐部成员——只有等到最后，在分明看出她们仅仅是经过时，她才会恼羞成怒地大叫大嚷，不准她们抄道穿过她家院子。但现在她平静地看着她们，妒意全无。末了，她兴起一阵冲动，想把婚礼的事朝她们大声喊出来，但在想好怎么说并说出来之前，几个女孩子已经走掉了。院子里空余一个葡萄架，和一轮旋转的太阳。

“现在，我不知道你——”弗·洁丝敏最后说，但被贝丽尼斯打住：

“没什么，好奇而已，”她说，“好奇而已。”

当那最后一餐的第二轮开始时，已过了五点，将近黄昏。在以前的这个时辰，拿着红色扑克牌坐在桌边，有时他们会开始批评造物主。他们会评判上帝的工作，说起自己将怎样造一个更好的世界。约翰·亨利上帝会提高嗓门，快活而尖声尖气，和平时大不一样，他的世界是美味和怪物的混合体，丝毫没有大局观：暴长的手臂，可以从这儿伸到加利福尼亚；巧克力的地面；柠檬水的雨；额外一只千里眼；折叠式尾巴，累的时候放下来支撑身体坐着；结糖果的花。

但贝丽尼斯上帝的世界不一样，它完满一体，公正而又理性。首先，那儿没有肤色的差异，人类全体长着浅褐色皮肤，蓝眼黑发。没有黑人，也没有让黑人自觉卑贱，为此抱恨一生的白人。不存在什么有色人种，只有男人、女人和孩子，像地球上一个亲亲热热的大家庭。当贝丽尼斯说起这条首要的造物之道，她的话就像一支激越浑厚的歌，由美妙的低音放声唱出，在房间的四角回响，颤动的余音久久不绝。

没有战争，贝丽尼斯说，欧洲的树上没有悬挂僵直的尸体，任何地方都没有犹太人遭到杀戮。没有战争，年轻人不用身着军服离乡别井，没有野蛮残酷的德国人和日本人。全世界都没有战争，所有国家四境升平。还有，没人挨饿。真正的上帝本来便为了世人的福祉，造出任人取用的空气、雨水和土地。将有无偿的食物充实每个人的口腹，免费的餐饭，外加每周两磅猪板油。除此之外，每个身强体壮的人可用劳动换取额外想吃或想要的东西。没有遭受屠杀的犹太人，没有受到伤害的黑人，世上没有战争，没有饥饿。最后，还有，鲁迪·弗里曼会活着。

贝丽尼斯的世界是个大同的世界，老弗兰淇会倾听她雄浑深沉歌唱般的嗓音，认同她的想法。但老弗兰淇的世界是三个世界当中顶好的一个。她同意贝丽尼斯造物的主要规则，但又做了许多补充：一人一架飞机、一辆摩托车，一个有证书和徽章的全球俱乐部，以及更合理的万有引力定律。关于战争她不能完全赞同贝丽尼斯。有时候她说世上要有一个“战争岛”，谁想打仗就去打，为之流血或献血。而她可能作为一名空军女兵去待上一段。她还重新安排了四季，将夏季整个儿删除，添加了更多的雪。她计划人们可以随时来来回回地从男孩变为女孩，随他们怎么变，只要他喜欢并且愿意。但在这一点上贝丽尼斯与她有争议，坚持说关于人类性别的规律完全合理，没有改进的余地。然后约翰·亨利·韦斯特很可能会在此时发表他的浅见，认为人应该一半是男的，一半是女的。而当老弗兰淇威胁说要将他带到博览会，卖出去当怪物展出，他只是一味闭着眼睛笑。

如此这般，他们三个在厨房桌子边，评判造物主及其成就。有时他们的声音彼此交错，三个世界便缠绕在一起。上帝约翰·亨利·韦斯特。上帝贝丽尼斯·赛蒂·布朗。上帝弗兰淇·亚当斯。在冗长沉闷的下午即将结束时的这些个世界。

但今天不同往日，他们没有无所事事，也没有玩扑克，而是继续吃饭。弗·洁丝敏已经脱下礼服，赤着脚，又舒服地穿回她的衬裙。褐色的豆子汤已经凝成糊，食物变得温吞吞的，黄油也已经融化。他们开始吃第二轮饭，菜盘子来来回回地在他们手中传递，他们没有聊下午每到此时常常提起的旧话题，而开始了一场奇异的对话，情形如下：

“弗兰淇，”贝丽尼斯说，“刚才你想说些什么，但后来我们讲到别处去了。是关于什么超乎常理的东西吧，我想。”

“哦，是的，”弗·洁丝敏说，“我想告诉你一件怪事，是今天碰上的，很不可思议，而且我都不知道该怎么才能说得清。”

弗·洁丝敏掰开一只红薯，往后靠在椅子里。她开始试着告诉贝丽尼斯发生的事，当时她正走在回家的路上，突然从眼角看到什么东西，转过身去，发现是两个黑人男孩站在身后小巷的尽头。讲的过程中，弗·洁丝敏不时停下来扯自己的下唇，斟酌合适的字眼，来传达一种从未听人说起的感觉。她不时朝贝丽尼斯望上一眼，看她是否在听。一种特别的神情在贝丽尼斯脸上浮现出来：蓝色的玻璃眼一如既往，闪亮而诧异，黑眼睛一开始也满含惊讶之色；然后一种古怪的同病相怜的眼神改变了她的表情。她的头不时急促地微微一扭，好像在变换耳朵的角度倾听，以保证没有听错。

弗·洁丝敏还没有说完，贝丽尼斯推开盘子，伸到怀里掏出烟卷。她吸自己卷的烟，但将它们装在切斯特菲尔德烟盒里，所以从外表看，人家还以为她吸的是商店里卖的切斯特菲尔德牌香烟。她把烟叶散出的那一头拧断，划火柴时头朝后仰，以免火焰冲鼻子。一片蓝色的烟雾飘浮在桌边三人的头顶。贝丽尼斯用拇指和食指捏着烟卷；她的手因为冬季的一场风湿变形并且僵硬了，最后两只手指无法伸直。她坐在那儿听，一边吸着烟。当弗·洁丝敏说完，房间里静默良久，尔后贝丽尼斯身子前倾，劈头问道：

“听我说！你能看透我前额的骨头吗？难道你，弗兰淇·亚当斯，看穿了我的心思吗？”

弗·洁丝敏茫然不知如何回应。

"这是我听过的最蹊跷的事之一，"贝丽尼斯说下去，"我真是想不通。"

"我的意思——"弗·洁丝敏又开始说。

"我知道你的意思，"贝丽尼斯说，"就在眼睛的这个角落。"她指指黑眼睛布满红血丝的外眼角，"你突然从这儿瞥见了什么，让你从头到脚打了个哆嗦。然后你急忙转身，面前却是天知道的什么东西，但不是鲁迪，不是你想要的。有那么一会儿你觉得自己好像被扔到了井底。"

"是的，"弗·洁丝敏说，"就是这样。"

"嗯，真是非比寻常，"贝丽尼斯说，"这事在我生活里不断地出现，然而刚才是我第一次听到它被说了出来。"

弗·洁丝敏用手捂住鼻子嘴巴，免得别人发现她为自己的非比寻常而暗暗自喜，她谦恭地闭上了眼睛。

"是的，这就是你在爱着什么，"贝丽尼斯说，"错不了。一种感觉，知道，却说不出。"

那次奇特的谈话就这样，在最后一个下午差一刻六点的时候开始了。这是他们一直以来第一次谈到爱情，而弗·洁丝敏是作为一个不但能够理解，还自有一番见地的人参与其中的。过去，老弗兰淇对爱情则加以嘲笑，认为是一个大谎话，根本不予相信。她写的剧本，从不曾有一星半点提过它，在电影院她也从不看爱情故事。老弗兰淇总是看星期六的日场电影，这个时段通常放映犯罪片、战争片，或者牛仔片。去年五月，电影院在周六放映一出叫《茶花女》的老片子，是谁引发了那场混乱？是老弗兰淇。她坐在第二排，用力跺脚，把两只手指含进嘴里打唿哨。坐前三排的其他半票人士开始一起跺脚和唿哨，爱情片放得越久，他们聒噪得越厉害。最后影院经理带着手电筒下来，把他们这伙人一股脑从座位上赶起来，轰出走道，一直赶到人行道上站着：既被掏空了零钱，又惹了一肚子气。

老弗兰淇从不承认爱情。而此刻弗·洁丝敏交叠双腿坐在桌边，光脚不时地用一种老到的姿势敲打地面，还点头对贝丽尼斯的话表示认同。非但如此，当她悄悄伸出手，朝那碟融化的黄油旁边的切斯特菲尔德烟盒伸过去时，贝丽尼斯并没有一巴掌把她拍开。弗·洁丝敏为自己拿了一支烟，她和贝丽尼斯是两个在餐桌上吞云吐雾的成熟女性。约翰·亨利·韦斯特歪着他孩童的大头，在一旁听着看着。

“现在我给你讲个故事，”贝丽尼斯说，“这将是对你们的一个警告，听见了吗，约翰·亨利？听见了吗，弗兰淇？”

“听到了。”约翰·亨利小声说。他灰突突的小食指一点：“弗兰淇在抽烟。”

贝丽尼斯坐得笔直，端平了肩膀，那双黑色的变了形的手交叉着放在面前的桌上。她扬起下巴，像一个准备演唱的歌手一样，吸了一口气。钢琴又在调音，而且调个没完。但当贝丽尼斯一开腔，她低沉悦耳的嗓音回荡在厨房里，他们就不再注意钢琴声了。不过这个警告又以他们听过多次的老故事开头。她和鲁迪·弗里曼的故事。在很久很久以前。

“我跟你说，那时我很幸福。那时候，全世界找不到一个比我还幸福的女人，”她说，“这包括每一个人。听到我说什么吗，约翰·亨利？包括地上所有的王后、百万富翁和第一夫人。我是说算上所有肤色不同的人。听到我说的吗，弗兰淇？全世界没有哪个女人能比贝丽尼斯·赛蒂·布朗幸福。”

她讲起鲁迪的老故事，时间在大约二十年前，十月末的某个下午，从他们初次相遇的地方开始，那是镇外的坎普·坎普贝尔加油站前面。那时正是一年中木叶转黄的时节，乡野烟气缭绕，秋天的金色与灰色斑驳错落。故事从初遇继续，转入在苏格维尔的耶稣升天教堂举行的婚礼，再到他们共同生活的那些年月。位于巴罗街转角的房子，它那砖头铺就的前门台阶和玻璃的窗户，圣诞节的狐皮，六月里款待二十八位亲友的炸鱼宴。那些贝丽尼斯为鲁迪在缝纫机上缝补外衣和衬衣并下厨做饭的日子，他们俩一直那么开开心心。还有在北方快乐逍遥的九个月，在下雪的辛辛那提。然后又回到苏格维尔。日子接踵而过，累积成一个又一个星期和月份，数年时间便一晃而过。而他们两人总是开开心心。但让弗·洁丝敏有所感悟的，主要不是她说的这些事，而是她说起这些事情的方式。贝丽尼斯用一种舒缓的语调说起这些故事，她说她曾比王后还快乐。她讲这些事时，在弗·洁丝敏眼里确实很像一位另类的王后，如果王后可以有黑皮肤，并且会坐在厨房的桌边的话。她将她和鲁迪的故事娓娓道来，就像黑色皮肤的王后展开一卷黄金的布料，当故事已结束，她总是这样一副表情：黑色眼睛直视前方，扁平的鼻子张开，不停颤抖，她的嘴绝望、悲哀而沉寂。通常，当故事讲完，他们肯定会呆坐一会儿，然后突然紧张忙碌起来：玩一手牌，或做奶昔，或者在厨房里漫无目的地转来转去。但这个下午他们没有动，也没有说话，贝丽尼斯讲完后他们就这样待了很久，直到后来弗·洁丝敏问：

“鲁迪到底是怎么死的？”

“一种类似肺炎的病，”贝丽尼斯说，“一九三一年十一月。”

“恰好是我出生的同一年，同一个月。”弗·洁丝敏说。

“是我经历的最寒冷的十一月。每天早晨都有霜冻，水洼里覆着薄冰。阳光苍黄黯淡像是冬天。声音能传很远，我记得有一只猎犬，总在日落时分嚎叫。我让壁炉的火日夜不停地烧着，夜里当我在屋里走动时，总有一个颤悠悠的影子在墙上跟着我。眼见的一切在我都像某种征兆。”

“我觉得我生在他死的那一年、那一月，就是一种征兆，”弗·洁丝敏说，“只有日子不同。”

“然后就到了那个星期四，下午接近六点，大约就是现在这个时候。只不过是十一月。我记得我去过道里，把前门打开。那一年我们住在普林斯街233号。天正黑下来，那只老猎狗又在远处叫唤。我回到房间，躺在鲁迪的床上。我伏在鲁迪身上，张开手臂抱着他，脸贴着他的脸。我祈求上帝，把我的力量传给他。我请求上帝，可以是任何人，不要是鲁迪。我那样趴着祈祷了好久，一直到晚上。”

“怎么？”约翰·亨利问道。这是一个毫无所指的提问，但他拔高了嗓门，带着哭腔又问了一遍：“怎么，贝丽尼斯？”

“那个晚上他死了，”她说。她声音尖利，好像他们在与她争辩。“我告诉你们他死了！鲁迪！鲁迪·弗里曼！鲁迪·麦克斯维尔·弗里曼死了！”

她的故事完了。他们在桌边坐着，没有人动弹。约翰·亨利望着贝丽尼斯。围着他转的那只苍蝇停在他左边的眼镜框上。这苍蝇沿左边的镜片慢慢踱过去，翻过鼻梁架，再从右边镜片的一边走到另一边。等它飞走之后，约翰·亨利才眨巴着眼睛挥起手来。

“有件事，”弗·洁丝敏末了说，“查尔斯大叔去世了，现在就躺在那儿，可是不知为什么我哭不出来。我知道应该难过，但相比查尔斯大叔，鲁迪更让我伤心，虽然我还从未见过鲁迪，而认识查尔斯大叔已经一辈子了，他是我近亲的近亲。也许是由于鲁迪去世后我紧跟着出生的缘故。”

“也许。”贝丽尼斯说。

弗·洁丝敏以为他们会就这么一直坐着，既不动也不说话，直到这个下午过去，但她突然想起了什么：

“你本来是要讲个别的故事，”她说，“是个什么警告。”

贝丽尼斯有一刻表情茫然，然后猛地抬头说：“啊，是的！我想告诉你我们谈论的这件事给我带来了什么教训，那其他几个丈夫又是怎样的情况。现在给我竖起耳朵听仔细。”

可是另外三任丈夫的故事也是旧闻。贝丽尼斯说的时候，弗·洁丝敏打开冰箱，拿来一些甜炼乳，倒在饼干上当甜品。一开始她有些心不在焉。

“那是第二年四月的一个星期天，我到了福克斯福斯教堂。你问我上那儿干什么，你听我说。我当时是去拜访我的堂兄弟中姓杰克逊的一支，我们去了他们的教堂。我在这教堂里祈祷，周围的会众全都素不相识。我把额头抵在前排座位的靠背顶上，眼睛睁着——没有到处偷看，你要知道，就是睁着。这时一阵颤栗刷地传遍了全身，我从眼角看到了什么东西。我一点一点朝左看。猜我看到了什么？在那儿的椅背上，离我的眼睛六英寸远的地方，是那只拇指。”

“什么拇指？”弗·洁丝敏问。

“你听我说，”贝丽尼斯说，“要明白这一点，你得知道，鲁迪·弗里曼身上只有一小点不好看的地方，其他每一处都好看又漂亮，要多好有多好，只除了他的右手拇指。因为被铰链压过，这只拇指看上去好像被捣烂嚼碎了，不好看。明白了？”

“你是说你在祈祷时突然间看到了鲁迪的大拇指？”

“我是说我看到了那只拇指。我跪着，一阵战栗从头顶传到脚跟。我跪在那里一个劲儿瞪着这只拇指，在我移动视线，弄清是谁的拇指之前，我开始热切地祈祷。我大声地念出来：上帝，显灵吧！上帝，显灵吧！”

“他有吗？”弗·洁丝敏问，“显灵了？”

贝丽尼斯扭过身去，发出像是啐了一口的声音。“显灵，狗屁！”她说，“你知道那是谁的拇指吗？”

“谁的？”

“那个杰米·比欧，”贝丽尼斯说，“那个老混账杰米·比欧。这是我第一次见到他。”

“所以你和他结婚了？”弗·洁丝敏问，因为杰米·比欧是那个糟糕的老酒鬼的名字，也就是那位第二任丈夫，“因为他有一只和鲁迪一样的烂拇指？”

“老天知道，”贝丽尼斯说，“我不知道。因为那只手指，我被他吸引住了。然后一步一步地陷了进去，没等我明白过来，就已经跟他结婚了。”

“嗯，我觉得很傻，”弗·洁丝敏说，“因为一只拇指嫁给他。”

“我也觉得，”贝丽尼斯说，“我不想和你争论。我只是告诉你发生了什么事。而同样的事又在亨利·约翰逊身上重演了。”

亨利·约翰逊是第三位丈夫，为贝丽尼斯发狂的那一位。婚后的头三个星期他并无不妥，但后来他就疯了，他疯得那么厉害，最终她不得不离开他。

“你是坐在这儿告诉我，亨利·约翰逊也有一只那样的烂拇指？”

“不是，”贝丽尼斯说，“这一次不是拇指，是外套。”

弗·洁丝敏和约翰·亨利面面相觑，因为这话似乎有点莫名其妙。但贝丽尼斯的黑眼睛清醒而肯定，她明确地朝他们点点头。

“要明白这一点，你得知道鲁迪死后发生了什么事。他有一份保险能付二百五十美元，我不想细说整个经过，反正结果就是我被那些干保险的人骗了，少付了我五十美元。我得在两天内四处张罗，筹到这笔钱，才能应付葬礼，因为我不能寒寒酸酸地就把鲁迪给打发了。我当掉一切可以找到的东西，卖了我的外套，还有鲁迪的外套，卖给了前街的那家旧衣店。”

“噢！”弗·洁丝敏说，“那你要说的是亨利·约翰逊买了鲁迪的外套，你就为这个嫁给了他。”

“不完全是，”贝丽尼斯说，“一天夜晚，我走在市政厅旁边的那条路上，突然看到前面的一个背影。那个小伙子的背影和鲁迪这么相像，从肩膀到后脑勺，我差点一头栽倒在路边。我跟上去，跑在他身后。那是亨利·约翰逊，这也是我和他的初次见面，因为他住在乡下，很少进镇里。但他凑巧买了鲁迪的外套，而且他的身形与鲁迪一个样。从后面看他就像鲁迪的鬼魂，或者是他的孪生兄弟。但怎么会嫁给他，我也想不太明白，因为一开头就很清楚，他根本没什么理智。但你让一个小伙子跟你来往，慢慢就会喜欢上他。反正，我就这么嫁给了亨利·约翰逊。”

“人确实会做出些古怪的事啊。”

“就你知道。”贝丽尼斯说。她扫了一眼弗·洁丝敏，后者正在倒炼乳，白练似的一条缓慢地落在苏打饼干上，她准备用一块甜三明治结束这餐饭。

“我发誓，弗兰淇！你一定是肚里生虫了。我可是跟你说认真的。你的父亲检查食品账单的时候，数目那么大，很自然地怀疑是我夹带私吞了呢！”

“你是呀，”弗·洁丝敏说，“有时候。”

“他把单子看一遍，朝我抱怨：贝丽尼斯，看在上帝的份上，我们一周怎么能吃掉六罐炼奶，数不清多少打鸡蛋，还有八盒软糖？我只能跟他说实话：弗兰淇吃掉了。我只能对他说：亚当斯先生，你以为你厨房里养的是个人呢。那只是你以为而已。我只能对他说：是的，你以为那是个人。”

“过了今天，我再也不贪吃了，”弗·洁丝敏说，“但我不明白你说那些话的用意。我看不出杰米·比欧和亨利·约翰逊的事怎么会扯到我头上。”

“它对所有人都适用，是个前车之鉴。”

“怎么会呢？”

“嗯，你没看到我的例子吗？”贝丽尼斯问，“我爱鲁迪，他是我爱的第一个男人。所以，从那以后我这一辈子都在模仿自己。我所做的就是跟鲁迪的碎片结婚，只要能碰得上。是我命不好，结果碰到的都是错的。我想的只是重复我和鲁迪的生活。现在你明白了？”

“我懂你的意思，”弗·洁丝敏说，“但不明白这些事干吗拿来告诫我。”

“一定要我说出来吗？”贝丽尼斯问。

弗·洁丝敏没点头，也不作答。她感觉到贝丽尼斯已经给她下了套，就要说出不中听的话。贝丽尼斯停下来，又点上一支烟。两股淡蓝的烟气从她鼻孔里冒出来，懒懒地浮在桌面吃剩的盘子上方。施瓦兹包姆先生在试弹琶音。弗·洁丝敏等着，感觉似乎等了很久。

“你和那场在冬山的婚礼，”贝丽尼斯终于开口说道，“这就是我要劝你的。我能看穿你的两只灰眼睛，就像它们是玻璃做的一样。我看到了从没见过的最可悲的愚蠢。”

“灰眼睛是玻璃的。”约翰·亨利小声说。

但弗·洁丝敏不肯让人看穿，也不肯让别人的目光压倒。她双目凝神，定定地看着贝丽尼斯，没有避开。

“我能看到你心里去，别以为我做不到。你心里想着明天在冬山那前所未见的场面，你端端正正夹在中间呢。你想着举行仪式的时候，夹在你哥哥和新娘之间，从教堂当中走过去。你想着插足那个婚礼，接下来天知道还有什么事。”

“没，”弗·洁丝敏说，“我没有想过举行仪式的时候要夹在他们之间。”

“我从那对眼睛里看到了，”贝丽尼斯说，“别抵赖了。”

约翰·亨利又说一次，但声音更轻："灰眼睛是玻璃的。"

"但我要告诫你的是，"贝丽尼斯说，"如果你一旦开始爱上那类闻所未闻的东西，接下来会怎样？如果你还是这么痴迷不悟，这绝对不会是最后一次，这一点你可以放心。那你会变成什么样儿？难道你以后一辈子都想插足别人的婚礼？这是一种什么样的生活？"

"听人说疯话让我直想吐。"弗·洁丝敏说。她将两根手指塞进耳朵，但没有塞太紧，还能听见贝丽尼斯的话。

"你只不过是痴人做梦，结果作茧自缚，"贝丽尼斯接着说下去，"这你心里清楚。你已经读完七年级的B班，已经十二岁啦。"

弗·洁丝敏没有就婚礼本身进行辩驳，而是直接过渡到婚礼之后，她说："他们会带上我，你只管走着瞧。"

"如果他们不呢？"

"我说过的，"弗·洁丝敏说，"我就用爸爸的手枪结果自己。但他们会带上我，我们再也不会回到这个国家的这个地方。"

"好吧，我已经尽力跟你摆道理啦，"贝丽尼斯说，"但我瞧着没用。你一心自讨苦吃。"

"谁说我会吃苦？"弗·洁丝敏说。

"我了解你，"贝丽尼斯说，"你有苦头吃。"

"你不过是忌妒罢啦，"弗·洁丝敏说，"你见不得我远走高飞快快乐乐，你就是要煞风景。"

"我只是想试着劝你打消这念头，"贝丽尼斯说，"但我看都是无用功。"

约翰·亨利最后一次悄声说道："灰眼睛是玻璃的。"

现在六点已过，这个缓慢的下午开始缓慢地死去。弗·洁丝敏把手指从耳朵眼里拿出来，发出一声疲惫的长叹。她一口气才吁出，约翰·亨利也嗟叹了一声，而贝丽尼斯用最长的一叹收了个尾。施瓦兹包姆先生弹了一小段刺耳的华尔兹，但声音还是没有调好，于是他又开始不厌其烦地反复敲另一个琴键。接着他再次弹出这组音阶，到第七个音时，手就停留在这个键上不松开。弗·洁丝敏不再用眼睛追随音乐，但约翰·亨利在看，当琴声在最后一个音上流连时，弗·洁丝敏看到他绷紧了臀部，在椅子上坐得直挺挺的，两眼上翻，定定地等着。

“那最后一个音，”弗·洁丝敏说。“如果你从A音开始，一路往上弹到G音，就会产生一种很奇怪的感觉，似乎G音和A音是天差地别的两个音。比一组音阶中的任何两个音之间的差别都要大上两倍。但在键盘上，它们却和其他琴键一样，是紧挨在一起的。Do ray mee fa sol la tee。Tee。Tee。Tee。都能把人逼疯。”

约翰·亨利咧开嘴，露出他的凸牙，低声吃吃地笑。“Tee-tee，”他说着，拉拉贝丽尼斯的袖子，“你听到弗兰淇说的吗？Tee-tee。”

“闭嘴，”弗·洁丝敏说，“别总往邪处想。”她从桌边起身，但不知道能去哪，“关于威利斯·罗得斯你还没说呢，他不会也有一只烂手指，或者外套什么的吧？”

“上帝呀！”贝丽尼斯说道。她的声音突兀而惊诧，将弗兰淇一个转身拉回到桌边。“那可是个会让你毛骨悚然的故事。你是说我从没说过和威利斯·罗得斯之间的事？”

“没有。”弗·洁丝敏说。威利斯·罗得斯是四任丈夫里最后也是最糟的一位，可怕到贝丽尼斯不得不找警察的地步。“什么事？”

“嘿，想想吧，”贝丽尼斯说，“想象一个寒冷难捱的一月的晚上，我独自在起居室那张大床上躺着。屋里就我一人，因为周六晚上大家都去福克斯福斯了。我，你要知道，可是最恨一个人睡在一张老大的床上，独自在家也会教我惴惴不安。午夜十二点已过，在那个寒冷难捱的一月夜晚。你还记得冬天吗，约翰·亨利？”

约翰·亨利点点头。

“那就想想吧！”贝丽尼斯又说。她已经动手收了盘子，三只脏盘子在桌上叠放在她面前。她的黑眼睛沿桌边滴溜一转，圈住弗·洁丝敏和约翰·亨利这两个听众。弗·洁丝敏身子往前凑，张大了嘴，两手抓紧桌沿。约翰·亨利在椅子里哆嗦着直往下溜，眼睛一眨不眨，在镜片背后紧盯着贝丽尼斯。贝丽尼斯低沉着嗓子阴森可怖地开了个头，突然却闭上了嘴巴，坐在那儿望着他俩。

“后来呢？”弗·洁丝敏催促着，身子从桌面上探过去。“出了什么事？”

但贝丽尼斯没说话。她将他们俩来来回回地看，然后慢慢地摇了摇头。当她再度开口时声音已经全然不同，她说：“嘿，我真希望你们能往那边瞧一瞧，我真希望你们也能瞧一瞧。”

弗·洁丝敏飞快地扫一眼自己身后，但那儿只有烤炉，墙壁，和空楼梯。

“什么？”她问，“怎么回事？”

“我真希望你们也能瞧见，”贝丽尼斯又说，“那两个小东西，四只大耳朵。”她忽地从桌边起身。“来吧，我们把碟子洗了，然后做一些小糕饼，明天带到路上吃。”

弗·洁丝敏气得无计可施，想不出该怎么向贝丽尼斯表示自己的愤怒。过了很久，面前的桌子已收拾干净，贝丽尼斯已经站在水池边洗盘子，她才说出一句：

“如果有什么是我最瞧不起的，那就是一个把话说一半，吊起人的胃口，然后又不肯讲完的人。”

“我承认，”贝丽尼斯说，“我也很抱歉。但我突然间想起来，这种事不能跟你和约翰·亨利说。”

约翰·亨利蹦蹦跳跳，在厨房里前前后后地飞跑，一会儿跑到楼梯口，一会儿又跑到后门。“小糕饼！”他唱着歌儿说，“小糕饼！小糕饼！”

“你大可以把他支到屋外去，”弗·洁丝敏说，“然后告诉我。但你别以为我在乎，我对发生了什么一点兴趣都没有，我只希望威利斯·罗得斯那时走进去，割断你的脖子。”

“这样说话可不好，”贝丽尼斯说，“尤其是我还有一个惊喜给你。到后门廊去，看看柳条筐里用报纸盖着什么。”

弗·洁丝敏站起来，却有些不情愿，别别扭扭走向后门廊。过了一会儿她站在门口，手里拿着那条粉红色欧根纱裙。贝丽尼斯口头上虽然那样说，但裙子的领口已经恢复原样，打上了细致的褶裥，一定是吃饭前弗·洁丝敏在楼上时她弄好的。

“嗯，你真是非常好，”弗·洁丝敏说，“我非常感谢。”

如果表情能掰成两半就好了，这样她就可以用一只眼睛瞪着贝丽尼斯，指责她，另一只眼睛含着感激向她致谢。但人的脸不能这样一分为二，于是这两种表情便互相抵消了。

“高兴一点，”贝丽尼斯说，“会发生什么事谁又能知道呢？明天，你穿着这条鲜艳的粉红裙子，兴许会在冬山遇上一个最最可爱的白人小男孩。就是这样的旅行会让你与意中人相遇。”

“可我说的不是这个。”弗·洁丝敏说。然后过了一会儿，她依旧倚在门口，补充道：“我们不知怎么就开始了一场错误的对话。”

傍晚天色泛白，拖得很长。八月的一天可以分为四个时段：上午、下午、傍晚、夜晚。向晚时天空呈奇异的青色，倏忽消退变白。天光里有浅浅的灰，葡萄架和树慢慢阴沉下来。此时麻雀成群，在小镇的屋顶上盘旋，此时沿街渐暗的榆树上有八月的蝉鸣。傍晚的声响里有一种含混暧昧的光景，迟迟地不散；路边纱门的拍击，孩子的说话声，某家院子割草机的嗡鸣。弗·洁丝敏把晚报拿进屋，暮色向厨房汇聚。最先黑下来的是屋里的角角落落，然后墙上的图画也渐渐隐没。他们三个在沉默中看黑暗涌入。

“军队开进了巴黎。”

“很好。”

他们又半晌无言，然后弗·洁丝敏说：“我有很多事要做，现在该开始了。”

虽然她已经站在门口，但还是没有走。在这最后的一个夜晚，最后一次三人聚在厨房，她觉得在走之前，总有一些临别的话要说、临别的事该做。许多个月来，她都打算着从这间厨房脱身，永不回头。但现在这一刻已经来临，她却站在那儿，头和肩膀斜靠在门框上，不知怎么有些漫无头绪。在这天色渐暗的时分，他们的话带有一点伤感动人的情味，尽管那些话的意义没有丝毫伤感动人之处。

弗·洁丝敏静静地说："我今晚打算洗两个澡。在浴缸里先好好泡一泡，然后用浴擦擦身。我要试着把胳膊肘上的褐色硬皮搓下来。然后放掉脏水，再洗一次。"

"这是个好主意，"贝丽尼斯说，"我会很高兴看到你干干净净的。"

"我也要洗第二个澡。"约翰·亨利说，声音单薄而怏怏不乐。他站在炉边的角落里，在屋内渐浓的幽暗中她看不到他。七点钟时贝丽尼斯已经给他洗了澡，又把短裤重新给他穿上。她听到他小心翼翼地拖着脚穿过房间，因为洗完后他戴上了贝丽尼斯的帽子，正穿着贝丽尼斯的高跟鞋试着走路。他又一次提了一个本身毫无所指的问题。"为什么？"他问。

"什么为什么，宝贝儿？"贝丽尼斯说。

他没有回答，倒是弗·洁丝敏问："为什么改名字是违法的？"

贝丽尼斯坐在椅子里，背对着窗外模糊的亮光。打开的报纸举在她面前，她的头低下去歪向一边，费劲地看上面的内容。弗·洁丝敏说话的当儿，她折好报纸，放在桌上。

"你自己想啊，"她说，"没有为什么。想想那些个混乱。"

"我看不出为什么。"弗·洁丝敏说。

"你脖子上的那是什么呢？"贝丽尼斯说，"我还以为你顶在那上头的是个脑袋哩。想想吧，假如我突然管自己叫埃莉诺·罗斯福太太，你开始自称乔·路易斯，而约翰·亨利想冒充亨利·福特。你觉得那会引起什么样的混乱呢?”

“别说傻话了,”弗·洁丝敏说,“那不是我说的改名字。我是指从一个不适合你的名字,改成你喜欢的。就像我将弗兰淇改成了弗·洁丝敏。”

“但这样还是会乱,”贝丽尼斯坚持说,“设想我们一下子全换成完全不同的名字,谁说的是谁就没人知道了,那整个世界都会乱了套。”

“我看不出——”

“因为生活围绕你的名字而累积,”贝丽尼斯说,“你有一个名字,在你身上发生了各种各样的事,而你也有各种各样的行为,做不同的事情,这样很快这个名字就有了意义。你的生活在你的名字周围日积月累。如果不幸你名声很坏,你也不能就那么把名字一扔自己逃掉。如果有幸你名声很好,那么你就该心满意足。”

“可是我的旧名字上又累积了什么呢?”弗·洁丝敏问道。然后,当贝丽尼斯没有立即应声作答,弗·洁丝敏自己回答了问题。“什么都没有!是不是?我的名字毫无意义。”

“嗯,不完全是这样,”贝丽尼斯说,“人们想起弗兰淇·亚当斯,心里浮现的是读完了七年级B班的弗兰淇,是在浸礼复活节寻蛋游戏中发现了金蛋的弗兰淇,是住在格罗夫街的——”

“可这些什么都不是,”弗·洁丝敏说,“对不对?它们没有价值。我的生活里没有值得一提的事。”

“可是会有的,”贝丽尼斯说,“事情会发生的。”

“什么事?”弗·洁丝敏问。

贝丽尼斯叹了口气，伸手去掏怀里的切斯特菲尔德烟盒。“你这样追问，我没法给你确切的答案。能的话我就成巫婆了，那我现在就不会待在这厨房，而是到华尔街做巫婆，过好日子去了。我能告诉你的，只是你会有所经历，至于经历什么，我不知道。”

“对了，”过了一会儿弗·洁丝敏说，“我想到你住的地方，去看看大妈妈。我不相信所谓命运，或者这一类的东西，但我想去看看也不碍事。”

“随你的便，不过，我觉得这没必要。”

“我想我该走了。”弗·洁丝敏说。

但她还是在暝色渐浓的门口耗着不走。夏日傍晚的各种声响划破厨房的岑寂。施瓦兹包姆先生已经调完了音。在过去的一刻钟里，他一直在弹些零零碎碎的曲子，其演奏纯是对曲调的死记硬背。他是个神经兮兮忙忙叨叨的老头，让弗·洁丝敏想起一只银蜘蛛。他的音乐也是既忙叨又僵硬，他弹的华尔兹有气无力地抽动，催眠曲又紧张不安。街区那头，一架收音机语调严正地播着什么，他们听不真切。邻居奥尼尔家的后院里，孩子们吵吵嚷嚷地在拍球。傍晚的声响彼此覆盖，在暮色四合的空气里渐渐消沉，而厨房寂静无声。

“听着，”弗·洁丝敏说，“我想说的是这个。你难道不觉得非常奇怪，我是我，而你是你？我是弗·洁丝敏·亚当斯，你是贝丽尼斯·赛蒂·布朗。我们互相看得到对方，摸得到对方，年复一年待在同一间屋子里。然而我总是我，而你总是你。我除了自己，不能是别的任何东西，而你不能是别的什么东西，只能是你自己。你想过这些吗？你不觉得奇怪吗？”

贝丽尼斯一直在椅子上轻轻地摇着。她坐的不是摇椅，但她向后靠在直背椅子上，让椅子的前腿一下一下轻轻敲打着地面，自己不灵便的黑色手掌抓住桌子边保持平衡。弗·洁丝敏说话时她停止摇晃，末了说道："有时候我会想到这些。"

这时，厨房里影影绰绰，一切越来越深地陷入黑暗，而话语声盛开。他们轻声细语，他们的声音盛开如花儿——如果声音可能像花，而话语声能够开放。弗·洁丝敏站着，双手交叉托在脑后，面对黑沉沉的屋子。她感觉到未曾说出的话已经涌进喉咙，她已准备好脱口而出。奇异的话语在她喉中绽放，现在是表达的时候了。

"是这样，"她说，"我看到一棵绿色的树，对我而言它是绿的。你也会称之为绿树，我们对此没有异议。但你所见到的绿色和我眼中的绿色是同样的吗？又或者我们管一种颜色叫黑色，但我们怎能确定，这黑色在你的眼中与在我的眼中是相同的呢？"

贝丽尼斯过了半晌，回答说："这些事情我们永远无法证实。"

弗·洁丝敏把头抵在门上蹭，一只手握住自己的喉咙。她的声音有气无力，越说越低："哎，这反正也不是我想要说的。"

屋内贝丽尼斯吐出的烟气辛辣、暖热而又滞闷。约翰·亨利踩着高跟鞋，拖着脚从炉子到桌子走了个来回。一只老鼠在墙后格格有声。

"我的意思是这样，"弗·洁丝敏说，"你走在路上，遇到一个人，随便什么人。你们彼此互望。你是你，他是他。可当你们对望的时候，眼睛与眼睛之间便发生了联系。然后你走你的路，他走他的路。你们去到镇子的不同地方，也许永远不会再见面，一辈子都不会。你明白我的意思吗?"

"不太明白。"贝丽尼斯说。

"我在说这个镇子,"弗·洁丝敏略为提高了声音,"这里有这么多人,我甚至没有见过,连名字都不知道。我们彼此从身边走过,双方却没有任何联系。他们不认识我,我也不认识他们。现在我就要离开镇子,这些人我将永远没有机会认识。"

"可是你想认识谁呢?"贝丽尼斯问道。

弗·洁丝敏回答说:"所有人,全世界。世上所有的人。"

"嘿,听听你自己说的什么,"贝丽尼斯说,"像威利斯·罗得斯这样的人呢?那些德国人呢?日本人呢?"

弗·洁丝敏在门框上磕自己的头,又抬头仰望昏暗的天花板。她的声音若断若续,还是那句话:"这不是我的意思。我要说的不是这个。"

"那,什么才是你要说的?"贝丽尼斯问。

弗·洁丝敏摇摇头,几乎像是自己也不知道。她的心一片黑暗和静默,未明的话语从她心上开花、绽放,她等着将它们说出来。隔壁传来傍晚的响动,孩子们在打棒球,拉长调门喊着:就位!就位!接着是击球的闷响,抛下球棒的啪嗒一声,以及奔跑的脚步和乱糟糟的吵嚷。窗户框住一方淡淡的光亮,一个孩子追着球跑过庭院,钻进幽暗的葡萄架下。孩子一溜烟跑得飞快,弗·洁丝敏看不清他的脸——他白色的后襟在身后飘荡,像一只怪模怪样的翅膀。窗外暝色正深,苍茫而静寂。

"我们出去玩吧,弗兰淇,"约翰·亨利小声说,"听起来他们玩得好高兴。”

“不，”弗·洁丝敏说，“你自己去。”

贝丽尼斯在椅子上活动了一下，说：“我认为我们应该开灯了。”

但他们没有开灯。弗·洁丝敏感觉到没说出的话噎在喉咙里，一种被哽住的恶心让她呻吟起来，将头往门框上直撞。最后她再度开口，哑着嗓子高声说：

“是这样——”

贝丽尼斯等着，见她又半天不开口，便问：“你到底怎么啦？”

弗·洁无法讲出那未明的话，于是过了一会儿，她把头往门上最后一撞，便开始绕着饭桌走。她硬着腿小心地迈步，因为她觉得恶心，不想把吃下去的各种食物晃荡起来，在胃里搅拌翻滚。她开始说话，声音又快又响，但这些话全然不对，不是她想说的。

“嗬！好家伙！”她说，“等我们离开冬山，会去好多地方，是你连想都想不到，听也没听过的地方。至于先去哪儿，我不知道，但这没关系。因为去了之后我们还要离开。我们想走个不停，我们三个。今天在这里，明天在那里。阿拉斯加，中国，冰岛，南美洲。坐火车旅行，骑摩托车飞奔，乘飞机周游世界。今天在这里，明天在那里。周游世界。这事儿该死的千真万确。好家伙！”

弗·洁丝敏猛地打开桌子的抽屉，在里面摸索那把切肉刀。她要这刀没用，只是当她绕桌疯跑时，希望能抓点儿什么在手里挥舞着。

“说起将要发生的事，”她说，“事情会发生得那么快，我们几乎来不及看清。贾维斯·亚当斯上尉击沉十二艘日本战舰并由总统授勋；弗·洁丝敏·亚当斯小姐打破所有纪录；嘉尼斯·亚当斯太太在选美比赛中被选为联合国小姐。事情接二连三，快得我们应接不暇。”

“好好待着，傻子，”贝丽尼斯说，“把刀放下。”

“而我们将与他们相遇，所有人。我们就这么向人走过去，马上就能结识他们。我们走在一条黑暗的路上，看到一所亮灯的房子，敲响它的房门。陌生人会跑过来欢迎我们，说：请进！请进！我们会结识功勋飞行员、纽约人、电影明星。我们会有成百上千个朋友，成百上千、成千上万、千千万万个朋友。我们加入的俱乐部有那么多，多得都分不清。我们将会是整个世界的成员。嗬！好家伙！”

贝丽尼斯有一条长长的、非常强壮的右臂，当围着桌子乱跑的弗·洁丝敏再一次经过她身边时，这条臂膀伸了出去，一把揪住她的衬裙，动作之快，让她一个踉跄停了下来，骨头和牙齿一阵乱响。

“你是在说昏话吗？”她问。长胳膊把弗·洁丝敏拉过去，搂住她的腰。“你汗出得像头骡子。靠过来，让我摸摸额头。你发烧了？”

弗·洁丝敏拉住贝丽尼斯的一条辫子，假装要用刀把它割下来。

“你在发抖，”贝丽尼斯说，“在这样的日头下乱跑一天，你一定得发烧。宝贝儿，你真没生病？”

“病？”弗·洁丝敏问，“谁？我？”

“坐到我腿上来，”贝丽尼斯说，“休息一会儿。”

弗·洁丝敏把刀放在桌上，老老实实在贝丽尼斯膝上坐下。她身子向后靠，脸贴在贝丽尼斯的颈窝。她的脸被汗打湿，贝丽尼斯的脖子也是汗湿的，她们俩都散发着重重的汗酸味。她的右腿搭在贝丽尼斯的膝上，瑟瑟发抖——但脚趾一踮地，就停止了。约翰·亨利拖着高跟鞋走过来，吃醋地往贝丽尼斯身上挨。他的胳膊搂住贝丽尼斯的头，抓着她的耳朵。然后过了一会儿他想把弗·洁丝敏从贝丽尼斯膝上赶开，很坏地只用指甲掐住她一点点皮肉。

“别搞弗兰淇，”贝丽尼斯说，“她又没惹你。”

他发出苦恼的声音：“我病了。”

“没有，你没病。安静些，别连这一点点爱心都对你表姐小气。”

“臭坏蛋霸道鬼弗兰淇。”他不高兴地尖声抱怨。

“她现在怎么坏啦？她只是累坏了躺一会儿。”

弗·洁丝敏别转面孔，贴住贝丽尼斯的肩膀。她能感觉到贝丽尼斯柔软的大乳房贴在她的后背，她的软和宽大的肚子，她的温暖结实的大腿。弗·洁丝敏呼吸急促，但很快就平缓下来，与贝丽尼斯的呼吸一致。她们俩贴近得如同一人。贝丽尼斯僵硬的双手相扣，搂在弗·洁丝敏胸前。她们背朝窗户坐着，面前的厨房现在差不多已经全黑。后来是贝丽尼斯叹息一声，开始对方才的古怪对话进行一番总结。

“我想我隐隐约约地知道你的意思，”她说，“我们所有人都被限定了。我们生来就各有各命，谁都不知道为什么。但每个人都被限定了。我生为贝丽尼斯，你生为弗兰淇，约翰·亨利生来是约翰·亨利。也许我们都想自由，挣脱了好自己做主，但无论怎样努力都在定局之中。我就是我，你就是你，他就是他。我们每一个人都被自己限定。这是不是你想要说的？”

“我不知道，”弗·洁丝敏说，“但我不想被限定。”

“我也不想，”贝丽尼斯说，“谁都不想。而我被限定得比你还厉害呢。”

弗·洁丝敏理解她为何这样说，是约翰·亨利奶声奶气地发问：“为什么？”

“因为我是黑人，”贝丽尼斯说，“因为我是有色人种。每个人都这样或那样地被限定，但他们又格外地钳制着一切有色人种。他们将我们区分出来，逼进死角。我们首先被生而为人，受到跟所有人一样的限定，如我刚刚对你说的，然后我们生为有色人种又受到另外的限定。有时候，像哈尼这样的男孩会觉得窒息，想要去破坏些什么，或者将自己打个粉碎。有时候这些让我们无法承受。”

“我理解，”弗·洁丝敏说，“但愿哈尼有办法。”

“他只感到绝望。”

“是的，”弗·洁丝敏说，“有时候我也想砸坏点什么。我希望自己能把整个镇子捣个稀巴烂。”

“我听你提起过，”贝丽尼斯说，“但这没有用。关键在于我们都被限定了。我们用这样那样的办法，想松动，想让自己自由。比如，我和鲁迪。当我和鲁迪在一起，我就不觉得自己那么不自由。可是后来鲁迪死了。我们到处尝试，使尽浑身解数，但无论如何总是不能挣脱。”

这番话几乎叫弗·洁丝敏害怕。她靠紧贝丽尼斯，两人非常缓慢地呼吸着。看不到约翰·亨利，但她能感觉到他。他踩上椅子后面的横档，抱着贝丽尼斯的头。他揪住贝丽尼斯的耳朵，因为片刻后只听贝丽尼斯说：“宝贝儿，别这样扭我的耳朵，我和弗兰淇不会飘起来穿过天花板走掉，把你丢下。”

水在厨房水池里慢慢滴落，老鼠在墙后敲敲打打。

“我想我懂你说的，”弗·洁丝敏说，“不过与此同时你几乎可以用‘飘零’代替‘限定’这个词。虽然它们的意思相反。我是指你到处走，你看到那些人，但在我看来，他们却是各自飘零的。”

“无拘无束吗，你是说？”

“啊，不是！”她说，“我是指你看不出有什么将他们联系在一起。你不知道他们都来自哪里，要到哪里去。比如说，为什么居然会有人来到我们这个小镇？所有这些人来自何方，打算做些什么？想想那些士兵。”

“他们出生，”贝丽尼斯说，“然后死去。”

弗·洁丝敏声音尖细高亢。“我知道，”她说，“但这一切有什么意义？人们飘零着同时却被限定，被限定而又飘零着。所有这些人，你不知道是什么把他们联结在一起。这其中一定存在着某种原因和联系。可是我好像表达不出来，我不知道。”

“如果能你就是上帝了，”贝丽尼斯说，“你难道不明白？”

“也许。”

“我们所知的只有这些，其他的就不是我们所能知道的了。”

“可我想知道。”后背开始酸麻，她在贝丽尼斯膝上活动一下，伸个懒腰，长腿摊开伸到桌子下面。“不管怎样，等我们离开冬山，我就再也不用烦心了。”

“你现在也用不着，没有人要求你解开世界之谜。”贝丽尼斯有意地深吸一口气，说道，“弗兰淇，你有一副全人类最尖的骨头。”

这是叫弗·洁丝敏站起来的明显暗示。她本应打开灯，从烤炉里拿一块糕饼，然后出门做自己的事。但她又躺了一会儿，脸伏在贝丽尼斯肩上。夏夜的声音混沌而悠长。

“刚才那些话我从没说过，”末了她说，“还有，我不知道你想过没有。我们在这儿——就现在，这一分钟，此时此刻。但就在我们说话的当儿，这一刻就过去了，再也不会回来。永永远远。过去了就是过去了，地球上没有任何力量能把它拉回来，过去了。你想过这个吗?”

贝丽尼斯没有回答。厨房此刻已经沉入黑暗。三人无言地坐着，彼此靠近，呼吸相闻。而后事出突然，可为了什么、怎么开始的，却没人知道：他们三个哭了。他们在同一瞬间开始哭泣，就像在这样的夏夜，他们常常齐声歌唱一样。在黑暗中，那个八月，他们往往不约而同唱起一曲圣诞颂歌，或类似斯里倍丽蓝调之类的歌。有时他们能彼此预先有所感应，对唱什么也有默契。

又或者，没有形成默契，于是同时有三个曲子唱出来，直到最后彼此串了调，成为一支特别的三重唱。约翰·亨利扯着嗓子唱出高音，不管他自称唱的是什么，听起来总是老调：一个又尖又颤的声音悬在半空，像给其他两人的歌声搭建的音乐天棚。贝丽尼斯的嗓音低沉、鲜明而浑厚，脚跟轻轻打着拍子。老弗兰淇在约翰·亨利和贝丽尼斯的两个音部间游走，忽高忽低。就这样三种嗓音互相糅合，不同的声部交织在一起。

他们经常这样唱，在八月傍晚黑暗的厨房里，他们的歌声既动听又古怪。但此前他们从没有这样突然地哭过。虽然哭的理由各各不同，但开始于同一刹那，就像是商量好的。约翰·亨利哭是因为忌妒，虽然后来他想解释为墙后老鼠的缘故。贝丽尼斯哭是因为谈起了黑人，或者是因为鲁迪，又可能是因为弗·洁丝敏的骨头真的太尖。弗·洁丝敏不知道她为什么哭，但她说出的理由是那板寸头和胳膊肘上的硬皮。他们在黑暗中哭了大约一分钟，然后就停止了，像开始一样突然。这番异乎寻常的动静让墙后的老鼠噤了声。

“起来吧。”贝丽尼斯说。他们围桌而立，弗·洁丝敏开了灯。贝丽尼斯挠挠头，轻轻吸了吸鼻子。“我们一伙实在是丧气，真莫明其妙。”

黑暗过后的光亮格外突兀刺眼。弗·洁丝敏打开水池的龙头，将头伸到水流下面。贝丽尼斯用一块抹布擦擦脸，在镜子前拍弄她的辫子。约翰·亨利站着，活像个侏儒老太婆，头戴插羽毛的粉红色帽子，脚穿高跟鞋。厨房四壁白晃晃的，满是鬼画符的涂鸦。他们三人在灯光下相互眨着眼睛，像三个陌生人，又像是三个见了光的鬼魂。然后大门开了，弗·洁丝敏听到父亲脚步沉重，慢慢走进门厅。飞蛾已经附在窗上，翅膀平贴着纱窗，最后一个在厨房共度的下午至此结束。

3

那天晚上较早的时候，弗·洁丝敏经过了监狱门前。她要去苏格维尔算命，虽然监狱并不顺道，但还是想在永离小镇之前，最后看一眼这个地方。因为它已经惊吓和纠缠了她春夏两季。那是一座砖砌的旧监狱，三层楼高，被一圈圈的旋转式铁丝网围住，顶上还拦着带蒺藜的电线。里面有小偷、强盗，还有杀人犯。罪犯们被关在石头囚室里，窗户上封着铁条，纵然他们可能会砸石墙、掰铁条，却永远插翅难逃。他们穿着条纹的囚服，吃着没一丝热气的带蟑螂的豌豆和玉米饼。

弗·洁丝敏认识几个关在里面的人，全是黑人——一个叫开普的男孩，和贝丽尼斯的一个朋友，她被白人女雇主指控偷了一件运动衫和一双鞋。要逮捕你的时候，囚车尖叫着来到你家，一伙警察蜂拥而入，揪住你把你拖进监狱。自打从西尔斯—罗伯克商店拿走一把三折刀，监狱就吸引了老弗兰淇——在晚春的某些下午，她会来到对面的街道，一个被称为“监狱寡妇路”的地方，朝它注目良久。有时一些犯人会扒着铁条朝外看，她觉得他们的眼睛，和博览会上那些怪物的长眼睛一个样，在向她呼唤，似乎在说：我们知道你。偶尔地，在周六的下午，从那间被叫做牛栏的大囚室里，会传出犯人的狂呼乱叫或者引吭高歌。但今晚的此刻监狱是安静的——只在一间透亮的囚室里可以看见一名犯人，更确切地说，是他的脑袋以及攥着铁条的两只拳头的轮廓。砖墙的监狱阴森森的，虽然场院和一些囚室亮着灯。

“你为什么被关起来？”约翰·亨利喊道。他站在离弗·洁丝敏稍远一点的地方，穿着那件水仙花的衣服，因为弗·洁丝敏已经将戏服都给了他。她不想带上他，但他又是讨好又是恳求，最后还是跟在了屁股后面。那犯人没回答，他又尖着嗓子高喊一声：“你会被吊死吗？”

“别吵！”弗·洁丝敏说。今晚监狱并没让她害怕，因为明天此时她已经远走他方。她最后看了一眼监狱，然后继续朝前走。“如果关在监狱里的是你，别人朝你这样喊你会愿意吗？”

走到苏格维尔时八点已过。这是一个空气混沌的淡紫色的傍晚。街道两边房屋拥挤，门户洞开，一些客厅里有油灯忽闪，照出了前屋的床和带装饰的壁炉架。周围语声含混，从某处传来了钢琴和小号演奏的爵士。孩子们在小巷子里玩耍，在尘土上留下带螺纹的脚印。人们为周六晚上着意打扮，在一个拐角，她碰到一群嬉闹的黑人男孩和女孩，他们都穿着亮闪闪的晚会服装。街上有一种派对的气氛，让她想起自己也一样，可以在这个夜晚赴蓝月亮之约。她和街上的人说话时，再次感应到那种不可言说的联系，存在于她和别人的眉目之间。铁线莲藤蔓的气息弥漫在夜晚的空气中，混和了刺鼻的尘土味儿、户外厕所的味道，以及晚饭的气味。贝丽尼斯住的房子在楝树街的拐角——有两间屋，带一个小小的前院，边角镶着一圈儿碎瓷片和瓶盖。前门廊处一张长椅上摆着几盆清凉的暗绿色蕨类植物。门只半开，弗·洁丝敏能看到里面昏黄闪烁的灯火。

“你在外面等着。”她对约翰·亨利说。

门背后一个有力而粗哑的声音在低语，弗·洁丝敏敲了敲门，那声音停了片刻，然后问道：

“谁？是谁？”

“我，”她说，如果她报出现在的名字，大妈妈一定不认识，“弗兰淇。”

房间里很憋闷，木窗板徒劳地开着，一股病人和鱼的味道。拥挤的客厅很整洁，一张床靠右边的墙摆放，对过儿是一台缝纫机和一架泵风琴。鲁迪·弗里曼的照片挂在壁炉上方，壁炉台上摆着花哨的日历、博览会奖品和各种纪念品。大妈妈躺在门边靠墙的床上，这样白天就能从前面的窗户看到有绿蕨的门廊和街景。她是一个黑人老太婆，皱纹密布，瘦骨嶙峋，活像一只扫帚把。她左边脸和脖子的皮肤像油脂一样，因此半边面孔近乎白色，而其他部分则是赤褐色。老弗兰淇一度以为大妈妈要慢慢蜕变成白人，但贝丽尼斯说那是一种皮肤病，有时候会发生在黑人身上。大妈妈过去给人做清洗和为窗帘打褶子的活儿，但后来病痛让她弯不下腰，于是便卧床了。但她并未丧失任何禀赋，相反，却突然有了未卜先知的异能。老弗兰淇总觉得她诡异得很，当她还是个小女孩的时候，大妈妈在她心里总是和住在煤房里的三只鬼有瓜葛。即便到了现在，她不再是个小孩子，大妈妈还是让她有些战战兢兢。大妈妈身下塞着三只钩有花边的鸭绒枕头，瘦骨支离的腿上搭了床花花绿绿的被子。客厅的桌子连带台灯已经挪到床边，让她能拿到上面的东西：一本算命的书，一个白碟子，一个针线篮，一个盛水的广口玻璃杯，一本圣经，还有些其他的物什。弗·洁丝敏进来之前大妈妈在自言自语，这是她的老习惯，喜欢一边躺在床上，一边告诉自己她是谁、她正在做什么、她还打算做什么。墙上有三面镜子，反射着波浪一般起伏不定的灯光，灯火昏黄跳动，投下大片阴影。灯芯该剪了。有人在后屋走动。

“我想算命。”弗·洁丝敏说。

大妈妈独自一人时自说自话，而其他时候却可以非常安静。她盯着弗·洁丝敏看了片刻，然后才说：“好吧。把风琴前的凳子拉过来。”

弗·洁丝敏把凳子移近床边，身子向前，摊开手掌。但大妈妈没有接过她的手。她在端详弗·洁丝敏的脸，然后把嘴里含的一口烟叶吐进从床底下拖出来的一只夜壶里。等了那么久没动静，弗·洁丝敏想到她正试着看透自己的心思，不由得心中忐忑。后屋的脚步停了，屋里半点儿声息都没有。

“用心回想，”她终于说，“告诉我最近一次梦中所见。”

弗·洁丝敏尽力回忆，但她不是常常做梦。终于她想起了这个夏天的一个梦。“我梦见一扇门，”她说，“我只是看着它，就在这时，它开始慢慢打开，让我感觉怪怪的，然后就醒了。”

"梦里有一只手吗？"

弗·洁丝敏想了想："我想没有。"

"门上有没有蟑螂？"

"呃——我觉得没有。"

"它的意思是这样，"大妈妈眼睛慢吞吞地闭上，再慢吞吞地睁开，"你的生活将会有一个改变。"

接下来她拉过弗·洁丝敏的手，研究了好半天。"我看到你会跟一个蓝眼睛、浅色头发的男孩结婚。你会活到七十岁，但得对水小心点。我看到一条红泥沟，和一包棉花。"

弗·洁丝敏心中暗暗想着自己白来了，完全是浪费时间和金钱。"那又表示什么呢？"

但这老妇人蓦地抬起头，扯直了颈上的筋，大喝一声："你，撒旦！"

她在看着客厅和厨房之间的那面墙，弗·洁丝敏也转头从肩上看过去。

"是。"一个声音从后屋应道，听起来像是哈尼。

"我跟你说过多少次，把你的大脚从厨房桌子上拿开！"

"是。"哈尼又应了一声，声音温驯如摩西。弗·洁丝敏能听到他把脚放到地板上。

"你的鼻子都快长到书里去了，哈尼·布朗。放下书，吃你的晚饭。"

弗·洁丝敏一阵激灵。难道大妈妈可以看穿墙壁，看到哈尼把脚举到桌上看书？难道那对眼睛可以穿透一面不折不扣的木板墙？看来她还是把每一个字都听仔细为好。

“我看到一笔钱。一笔钱。我还看到一个婚礼。”

弗·洁丝敏伸出的手抖了抖。“这个！”她说，“跟我说说这个！”

“婚礼还是钱？”

“婚礼。”

灯光将她们的影子放得很大，投射到光秃秃的木板墙上。“是你一位近亲的婚礼。我还预见到会有一趟旅行。”

“一趟旅行？”她问，“什么旅行？长途的？”

大妈妈手指如钩，布满灰白的斑点，掌心像是融化的粉红色生日蜡烛。“短途旅行。”她说。

“怎么会——”弗·洁丝敏说。

“我看到出发和回来，一次离去和返回。”

根本没有意义，因为贝丽尼斯一定对她说过冬山之行，还有那婚礼。但如果她可以透视墙壁的话——“你肯定吗？”

“嗯——”这一次那粗嘎苍老的声音没那么把握十足，“我看到一次离去和返回，但也许不是最近。我不能肯定。因为同时我还看到许多道路、火车，还有一笔钱。”

“啊！”弗·洁丝敏说。

脚步声传来，哈尼·卡姆登·布朗站在客厅和厨房间的门槛上。他今晚穿一件黄色衬衫，打着领结，一如既往地衣冠楚楚——但他的黑眼睛神情忧郁，长脸绷得像石头。弗·洁丝敏知道大妈妈对哈尼·布朗的评价。她说他是上帝没完成的孩子。造物主太早地从他身上撒了手。上帝没有将他完成，所以他不得不四处荡悠，做做这个，干干那个，自己完成自己。第一次听到这番话时，老弗兰淇不解其中隐含的意思。这话让她在心里构想了一个奇怪的半拉男孩——一只胳膊，一条腿，半张脸——一个半边人顶着阴沉的夏日，在镇子的各个角落蹦来跳去。但后来她理解得多了一点。哈尼会吹小号，在黑人高中成绩第一，还从亚特兰大订了一本法语书，自学了些法语。但有的时候，他又会突然发狂，在苏格维尔疯子般乱闯，连续好几天四处折腾，直到朋友们将半死不活的他带回家。他的嘴唇能像蝴蝶一样轻捷地翕动，谈吐比她所知的任何人都毫不逊色——但有时候他只会发出一声黑人的咕哝，就算是家人也莫名所以。造物主，大妈妈说，太早从他身上撒了手，留下他一生抱憾。现在他站在那里，倚着门框，瘦削而孱弱，尽管脸上有汗，不知怎么看起来却冷冷的。

"我走之前你还有什么事吗？"他问。

这天晚上哈尼身上有些什么触动了弗·洁丝敏。似乎是——当看到他忧伤的、无波无澜的眼眸——她觉得自己有话要对他说。他的皮肤在灯光下是深深的紫藤的颜色，嘴唇安静而伤感。

"贝丽尼斯跟你说过那婚礼吗？"弗·洁丝敏问道。但是，这是唯一的一次，她觉得自己并非一定得谈婚礼。

"啊嗯——"他回答。

"我现在没什么事。T.T. 很快就会来陪我一阵，同时等着会贝丽尼斯。你要去哪里，孩子？"

"我要去福克斯福斯。"

"哦，心血来潮先生，什么时候决定的？"

哈尼靠在门柱上，倔强而沉静。

“为什么你行事就不能和其他人一样呢？”大妈妈说。

“我就待一个星期天，星期一上午回来。”

有话对哈尼·布朗说的感觉仍然纠缠着弗·洁丝敏。她对大妈妈说：“婚礼的事你还没跟我说完呢。”

“是。”她眼睛瞧的不是弗·洁丝敏的手掌，而是那欧根纱裙子、长筒丝袜以及银色的新鞋。“我说了你会和一个浅色头发、蓝眼睛的男孩结婚，在将来。”

“可我说的不是这个，我是指另外那场婚礼。还有旅行，你还看见了道路和火车。”

“没错。”大妈妈说。但弗·洁丝敏有种感觉，她的心思已不在自己身上，虽然她又在看手掌。“我看见了一次旅行，出发而后返回，还有一笔钱，一些道路和火车。你的幸运数字是六，不过十三有时也能给你带来好运。”

弗·洁丝敏想反驳和争辩，但你怎能跟算命的人相争呢？她想至少对运程多弄明白一点，因为有回程的旅行与预见中的道路、火车相矛盾。

但就在她刚要追问下去的时候，前门廊传来脚步声。有人敲门，然后 T.T. 走进客厅。他举止非常得体，进门前先擦擦脚，还给大妈妈带来一盒冰淇淋。贝丽尼斯说过他不曾叫她颤栗，确实他称不上美男子。他的肚子塞在背心里像个西瓜，后颈上有几道肥肉。他同时带进来一股相聚的热闹劲儿，这是一直以来，弗·洁丝敏对这两间房又爱又妒的地方。在老弗兰淇看来，似乎每次上这儿找贝丽尼斯，屋子里总有很多人——家人、各路堂亲表亲、朋友。冬天他们会坐在壁炉前，围着因透风而轻轻舞动的火苗，七嘴八舌地谈天。在清朗的秋夜他们总是最先弄到甘蔗，贝丽尼斯砍削那光滑的紫色长茎上的节，片片嚼过的碎渣印着齿痕，被扔在地板上摊开的旧报纸上。灯光让房间看上去不一般，连气味也非同寻常。

现在，T.T. 来了，唤起众人相聚喧闹的旧日感觉。算命明显已经结束，弗·洁丝敏在桌上的白瓷碟子里放入一枚角币——虽然没有明码标价，关心命运的人们来找大妈妈，一般都付了他们认为合理的价钱。

“我说，我可从没见过谁像你这么长个儿的，弗兰淇，”大妈妈说，“你该顶块砖在脑瓜上。”弗·洁丝敏脚跟软了软，膝盖悄悄弯了一点，缩起了肩膀。“这身裙子很漂亮。瞧那对银鞋儿！还有丝袜！你像个蛮好看的大姑娘呢。”

弗·洁丝敏和哈尼一起离开屋子，有话对他说的感觉仍让她不得安宁。一直等在巷子里的约翰·亨利朝他们冲过来，但哈尼这次没有将他举在半空转圈子，有时候他会这样。哈尼今晚有些意兴阑珊似的。月光如银。

“你到福克斯福斯去干什么？”

“只是转转。”

“你相信那些命运吗？”哈尼没回答，她又说下去，“还记得她吼你把脚从桌上拿下去，吓我一大跳。她怎么会知道你的脚在桌子上？”

“镜子，”哈尼说，“门边有面镜子，所以她能看到厨房里。”

“哦，”她说，“我从来就不相信命运。”

约翰·亨利拉着哈尼的手，仰头看他的脸。“什么是马力？”

弗·洁丝敏感觉到了婚礼的力量。这最后一个夜晚，她仿佛有必要做些指令和建议。她应该对哈尼说点什么，一个提醒或一些指点。她开动脑筋，想出一个主意：它是这么新鲜，不期而至，让她顿时收住脚步，站着一动不动了。

“我知道你该怎么办。你应该去古巴或者墨西哥。”

哈尼领先几步路，她说话时他也停了下来。约翰·亨利站在中间，挨个儿看看他俩，皎洁的月光下，他脸上的表情带着几分神秘。

“错不了，我是很认真的。在福克斯福斯和这个镇子之间来来去去，这样打发时间对你没好处。我看了很多古巴人和墨西哥人的片子，那里的人过得很好。”她顿了顿，“我想说的是，我认为你在这个镇子永远不会幸福，我觉得你应该去古巴。你肤色那么浅，连表情都有些像古巴人。你可以去那里，变成个古巴人。你可以学会那外国话，那些古巴人永远不会知道你是个黑人。你懂我的意思吗？”

哈尼静止如一尊黑色雕像，缄默亦然。

“什么？”约翰·亨利又问道，“他们是什么样儿的——那些马力？”

哈尼猛然转身，继续穿过小巷。“这是天方夜谭。”

“不，不是的！”哈尼对她用了“天方夜谭”这个词，让她感觉惬意，在继续劝说之前，她还默默地又念了一次。“压根儿不是天方夜谭。你记着我的话，这是你最好的出路。”

但哈尼只是笑笑，拐进另一条巷子。“再见。”

镇中心的街道让弗·洁丝敏想起狂欢节的市集，有着相同的休闲自在的假日气氛。还有，和早晨一样，她感到自己是所有事物的一部分，是参与的、欢欣的。主街的拐角处，有人在卖机器老鼠。失去胳膊的乞丐膝头摆着锡杯，盘腿坐在人行道上，张望着。她过去从没见过入夜的前街，因为到了晚上她就只能在家附近玩儿。街对面的货仓黑洞洞的，但街道远远的那头，四四方方的纺织厂那么多的窗户全都透亮，传来微弱的机器嗡嗡声和染坊的气味。大部分商家都开着，霓虹灯招牌光怪陆离，前街因它们而显得水光粼粼。街角站着士兵，还有一些士兵带上和他们约会的大女孩在闲逛。满耳是深夏时节的混响——杂沓的脚步声和笑语，在这混杂的声响上方，某人的大嗓门从楼上往夏天的街道里吆喝着。建筑物散发着砖头曝晒后的暑气，人行道暖烘烘地踩在她银色的新鞋下。弗·洁丝敏在蓝月亮对面的街角停住脚步。与那个士兵结识的上午，似乎已经过去很久。中间隔了在厨房里消磨的漫长下午，士兵的印象好像有些褪色。那个约会，那个下午，似乎都变得异常遥远。时间将近九点，她心中踌躇不定。她有一种说不清的感觉，觉得某个地方出了错。

“我们要去哪里？”约翰·亨利问，“我觉得应该回家了。”

这声音吓了她一跳，因为她几乎已经把他给忘了。他绷着两条腿站在那儿，眼睛大大的，身上那套薄纱旧戏服脏兮兮地拖在地上。“我在外面还有事，你自己回家。”他望着她，把嘴里嚼的泡泡糖掏出来——他想将它粘到耳背上，但汗湿的耳朵太滑溜，因此最终他又将之放回了嘴里。“你和我一样认识回家的路。照我说的做。”出奇的是，约翰·亨利听了她的话。可是，当她目送他从身边离开，在拥挤的街道上越走越远，心中升起一种空荡荡的负罪感——他套在那戏服里，那么稚弱，惹人怜惜。

从街道跨进蓝月亮，就像从博览会的露天场地走进小展厅。蓝色的光，晃动的面孔，混杂的声音。柜台和桌子边挤满了士兵、男人和兴高采烈的女士。她应约来见的士兵在靠内的角落玩老虎机，一个又一个镍币投进去，只输不赢。

“啊，是你。”他说，瞧见她站在自己身边。他的双眼有片刻的失神，是那种正在脑海里唤起某种记忆时的眼神——但只是一刹那。“我正害怕你叫我空等呢。”他放进最后一枚镍币，握紧拳头砸了一下老虎机。“我们找个地方。”

他们坐在柜台和老虎机之间的一张桌子边。虽然时钟显示没坐多久，但弗·洁丝敏却觉得捱不到头似的。不是因为士兵对她不够友好。他很友好，但他们俩说的话总是不搭界。这背后有一层很蹊跷的东西，她说不清道不明。士兵梳洗过了。他肿胀的脸，还有耳朵和双手，都已弄干净。润发油使红头发颜色变暗，还梳出了一道波浪。他说他下午睡了觉。士兵心情愉快，说话随便。虽然她喜欢愉快的人，不拘谨的谈话，但却不知如何应对。那种情形再次出现：士兵好像又在说一些另有深意的话。她尽了力，但总是听不懂——然而，她听不懂的主要还不是那些话，而是话外的那种语气。

士兵拿着两杯饮料回到桌边。弗·洁丝敏喝了一口，怀疑里面含有酒精。虽然她已经不是小孩子了，还是给吓了一跳。这是犯罪，十八岁以下人士饮用酒精饮料是违法行为。她将玻璃杯从面前推开。士兵既友好又愉快，但在他又喝了两杯之后，她开始担心他会否将自己灌醉。为了找话题，她提起自己的哥哥曾在阿拉斯加游泳，但好像没能引起他的注意。战争、外国、世界，他通通不接茬。对他开的玩笑，她再怎么使劲儿，也找不到任何对题的应答。她就像一个糟糕的小学生，在音乐会中要与人合奏一首她全然不知的曲子。她百般努力地把握调子，想让演奏进行下去。但很快她便放弃了，只管咧着嘴笑，直到嘴巴发木。人头涌动的屋内蓝光幽幽，一片嘈杂，乌烟瘴气，这些都让她头昏脑涨。

“你是个怪有意思的姑娘。”末了士兵说。

“巴顿，”她说，“我打赌他两周内会打赢战争。”

士兵现在静了下来，面容有一点呆。他的眼睛盯着她看，带着她中午留意到的那种奇怪的神情，一种此前从未在任何人脸上见过的、她无法读懂的神情。过了一会儿他放软了声音含糊地说：

“你说你叫什么名字来着，美女？”

这样的称呼，弗·洁丝敏不知道该不该喜欢。她彬彬有礼地说了一遍自己的名字。

“哦，洁丝敏，上楼好吗？”他的语调是在问，可是没等她回答，他已经从桌边站起，“我在上面有个房间。”

“我还以为我们要去闲暇时光跳舞什么的呢。”

“急什么？”他说，“乐队差不多十一点才开始演奏呢。”

弗·洁丝敏不想上楼，但她不知道该如何谢绝。就好像走进一个博览会的展厅，或者是坐上了旋转车，一旦开始，不到展览结束或者车停下来，你便无法退场。这士兵，这约会，也是如此，她不能说走就走。士兵站在楼梯下等着，她无法拒绝，只好跟在后面。他们走上两段楼梯，进入一条逼仄的走道，里面散发着尿臊味和油毡的味道。而脚下所走的每一步，不知怎么都让她觉得是个错误。

“这个旅馆真有些怪怪的。”她说。

是旅馆房间里的寂静让她戒备和害怕。随着房门的关闭，这寂静即刻便显露出来。光秃秃的电灯泡从天花板垂下，在它的光照中房间显得粗鄙丑陋。脱漆的铁床睡后没有整理，地板中间摊开一口箱子，里面乱七八糟堆着军服。浅色的橡木桌上，有一只装满水的玻璃罐，还有一包吃了一半的肉桂卷，表面有蓝白二色的糖衣，还有肥硕的苍蝇。没装纱网的窗户敞开，廉价窗纱在顶上打了个结，让空气进来。房间一角有个洗手盆，士兵掬起冷水洗了把脸——肥皂只是一条普通的肥皂，已被人用过。洗手盆上方有一个指示牌，写着：洗漱专用。虽然士兵脚步有声，还有水声嘀嗒，寂静的感觉还是挥之不去。

弗·洁丝敏走到窗前，下面是一条窄窄的巷道，还有一面砖墙。一道摇摇欲坠的太平梯伸向地面，底下两层楼透射出光亮。外面是八月夜晚里的人语声和一台收音机的声音，而屋内也时有响动——所以那寂静该如何解释呢？士兵坐在床上，现在她将他完完全全只看作单个的人，而不是作为那喧哗而自由的人群中的一员。那一群人漫步在镇里的街道上，转身便离开此地，一起奔向外面的世界。在这寂静的房间里，她觉得他与他们无关，而且长相难看。她再不设想他在缅甸、在非洲、在冰岛，甚至阿肯色。现在她眼中的他，就是此刻在房间里、在床上坐着的他。他的浅蓝色的眼睛彼此凑得很近，正用一种异样的神情瞧着她——一种混沌的温柔，好像那对眼睛曾在牛奶里洗过。

房间里的寂静与厨房里中那种寂静类似：昏昏欲睡的下午，有时连钟都停了下来——此时便有一种神秘的不安潜入她的心头，一直盘踞到她发现问题何在为止。她曾与这种寂静打过几次交道——一次是在西尔斯—罗伯克商店，在她突然沦为窃贼前的一刻。再有就是那个四月的下午，在迈基恩家车库。这种静寂预先警告着什么，未知的麻烦将紧随其后；这种寂静的感觉，不是由于没有声息，而是一种等待、一种悬疑。士兵没有将他那对异样的眼睛从她身上移开，她怕极了。

“来，洁丝敏。”他说，声音有些怪，断续而低微。他伸出手，掌心向上，伸向她。“我们别再兜圈子了。”

接下来的一分钟，就像发生在博览会的疯子展厅，或者是米勒奇维尔真正的疯人院里。弗·洁丝敏已经向门口走去，因为她再也受不了那寂静。就在她经过士兵身边时，他攫住了她的裙子，将吓得发软的她拉着一起倒在床上。接着发生的事疯狂到了极点。她感觉到他的双臂箍着自己，闻到了他衬衫上的汗酸气。他并不粗暴，但这比粗暴更疯狂——有一刻她惊得失去了行动的能力。她无力挣开，但却用尽全力咬了下去，咬到的东西肯定是那疯子士兵的舌头。他惨叫一声，她才得以脱身。然后他带着满脸的惊诧和痛楚逼过来，她伸手拿起玻璃水罐，朝他当头砸下。士兵晃了几晃，两腿慢慢瘫软，然后慢慢仰天倒在地上。那一记闷响如铁锤敲在椰子上，房中的寂静旋即应声而破。士兵一动不动地躺着，惊诧的表情还挂在雀斑密布、失去血色的脸上，一道血沫淌在嘴边。但他的头没有破，甚至也没有裂，他到底死了还是没死她不知道。

寂静结束了，正像厨房的那些时刻：经过最初的惶惑，她发现自己的不安源自时钟嘀嗒声的消失——但现在这儿没有钟让她摇晃，让她拿到耳边听一听，拧紧发条，然后释然。记忆纷乱地掠过心间，前屋里一场普通的抽筋，车库里的那些话，还有可恶的巴尼。但她没有让这些互不相关的碎片结成一个整体，只是嘴里一遍又一遍地重复着两个字，“疯子”。罐里的水泼上了墙，士兵躺在杂乱的房间里，一副惨相。弗·洁丝敏对自己说：快走！她朝门口迈了一步，然后又转回身，从太平梯攀援而下，很快就落到巷子里。

她像刚从米勒奇维尔疯人院逃出来，身后被人追赶着，头也不回地向前猛跑。到达自己家所在街区的拐角时，她很高兴地看到了约翰·亨利·韦斯特。他在外面等着看绕街灯飞舞的蝙蝠，他熟悉的模样令她惊魂稍定。

“罗伊舅舅找你呢，”他说，“你为什么抖成这个样儿，弗兰淇？”

“我刚刚打破了一个疯子的脑袋，”她气息稍微平静一点后说，“我砸了他的头，不知道砸死没有，他是个疯子。”

约翰·亨利望着她，一点都不大惊小怪。“他什么样儿？”她没有马上回答，他又问道，“是不是在地上乱拱，哼哼唧唧，流口水？”因为有一次老弗兰淇就是这样，想作弄一下贝丽尼斯找点乐子，但贝丽尼斯没有上当。“是这样吗？”

“不，”弗·洁丝敏说，“他——”可是看着那对镇定的、孩子的眼睛，她知道她无法解释。约翰·亨利不会懂，他的绿眸子让她有些怪怪的感觉。有时候他的意识就像他画在便笺纸上的蜡笔画。有一天他就画了一幅拿给她看，是一个电话工人在爬电话线杆子。这人靠在保险带上，脚上的攀缘鞋套都一丝不苟地画了出来。这是一幅很用心的图画，但她看完后心里总觉得不对劲。她看了又看，直到发现是怎么回事。这个电话工人是侧面像，但这个侧面上却摆着两只眼睛——一只在鼻梁上，另一只紧贴在它下面。那不是潦草造成的错误，两只眼睛都仔细地画上了睫毛、瞳仁和眼皮。这两只安在侧脸上的眼睛给她一种荒诞怪异之感。但跟约翰·亨利讲道理，说服他？那还不如对着水泥发议论呢。这么画是为什么？什么理由？因为他是个电话工人呀。什么？因为他在爬电线杆呀。想理解他的观点是不可能的。而他也不能理解她。

“把我刚才跟你说的话都忘掉。”她说。但话刚出口，她就意识到这么说再糟糕不过，如此一来他肯定不会忘。因此她抓住他的肩膀，轻轻摇着他。“你发誓不会讲出去，这样起誓：如果我说了，就让上帝缝起我的嘴巴和眼睛，用剪子剪掉我的耳朵。”

但约翰·亨利不发誓，他只是缩了缩大脑瓜，很轻很轻地应了一声：“嘘。”

她继续努力：“如果你跟别人说了，我就可能被关进监狱，我们就不能参加婚礼了。”

“我不说。”约翰·亨利说。有时候他可堪信任，有时候则不。“我不是告密鬼。”

进屋后，弗·洁丝敏把前门锁好才进客厅。她父亲正坐在沙发上看晚报，脚上穿着短袜。在大门和她之间有父亲挡着，这让她心里好受一些。她很怕警车来到，一直焦虑不安地留神听着动静。

“我真希望现在立即就出发去参加婚礼，”她说，“我觉得这样再好不过了。”

她走到冰箱前，连吃六大勺甜炼乳，驱走嘴里的恶心感。提心吊胆的感觉让她坐立不安，她把从图书馆借的书都拿出来，在客厅的桌上摆成一摞。其中一本是从成年人读物区借的，还没看过，她用铅笔在前边写道：如果你想读到令自己震荡的东西，翻到六十六页。在第六十六页她写道：电。哈！哈！她的焦虑一点点减轻，有父亲在身边让她没那么害怕了。

“那些书得还给图书馆。”

他父亲，四十一岁年纪，看看钟。“现在是所有不到四十一岁的人的上床时间。快，行动，不准讨价还价。我们五点钟得起床。”

弗·洁丝敏站在门口，挪不开脚步。“爸爸，”过了一会儿，她说道，“如果有人用一个玻璃水罐打了另一个人的头，那人一动不动倒在地上，你觉得他是死了吗？”

她不得不把问题重复了一次，心里极为恼恨父亲，因为他不把她当一回事，让她一个问题要问两次。

“呃，想起来，我还从来没有用水罐打过什么人呢，”他说，“你呐？”

弗·洁丝敏知道他是开玩笑地问，所以她只是边走开边说道：“这辈子无论去到哪里，都再也不会比明天去冬山更叫我高兴了，等婚礼结束，我们离开的时候，我会谢天谢地。我会那么地感恩不尽。”

在楼上她和约翰·亨利脱了衣服，马达和灯关掉以后，他们一起躺在床上——虽然她说她一眨眼的时间都不会睡。不管怎样，她还是闭上了双眼，而再次睁开时，有人正在叫喊起床，房间里已晨光熹微。

第三部

"别了，难看的老房子。"五点四十五分，她身穿带圆点的细薄纱裙，提着箱子，在经过走廊时说道。礼服装在箱子里，到达冬山之后就可以换上。在这个静谧的时刻，天空是喑哑的银色，像镜子的底面。天空下灰蒙蒙的镇子，看上去不具真实感，倒像它自己的一个投影，她向这个不真实的小镇也道了别。六点过十分，汽车开出了站——她摆出一副老乘客的样子，矜持地坐着，不跟父亲、约翰·亨利和贝丽尼斯坐在一处。但没过多久，她心里突然升起一大疑团，就算是汽车司机的回答也不能完全消除。他们应该向北而行，但她感觉上这车在往南去。天空燃烧一般，失了颜色，白昼明亮晃眼。他们经过纹丝不动、在日光下发蓝的玉米地，一垄垄红色的棉花田，一片片黑色的松林，乡野风光一里比一里更像南方。他们经过一些镇子——新城、里维尔、奇霍，一个赛一个地小。九点钟时，他们到达最为丑陋的一个地方，名字叫做"花枝"，要在这里换车。虽然有名如此，但这儿既没有鲜花，也没有树枝——只有一间孤零零的乡村小店，墙板上残留着一张老早的马戏海报，一棵楝树下停着一辆空货车，和一头睡着了的骡子。他们在这里等车去甜井。依然疑虑重重的弗·洁丝敏没有对午餐盒不屑一顾，虽然它一开始叫她满心羞耻，因为它让他们看着像一伙窝在家里没出过远门的人。汽车十点离开，他们于十一点到达甜井。接下来的几个小时难以言说。婚礼像一场梦，一切都发生在她无能为力的世界里。从她稳重有礼地和大人们握手的那一刻起，到最后，当这个破灭的婚礼结束，她看着汽车载着他俩从身边离去，她扑倒在烫得嗞嗞作响的尘土中，最后一次喊出来："带上我！带上我！"——从头到尾，这场婚礼就如噩梦一样失控。中午过后不久它便完事，他们赶乘四点的车回家。

"好戏散场，完事大吉了。"约翰·亨利挨着她父亲，在汽车倒数第二排的座位上坐下时鹦鹉学舌道，"现在我们回家上床睡觉。"

弗兰西丝想叫全世界去死。她坐在尾座上，挨着窗户和贝丽尼斯坐在一起。虽然已经不再抽泣，但她的眼泪还是像两道小溪，鼻子也湿乎乎的。她耷拉着双肩，压着一颗发胀的心，她身上穿的不再是参加婚礼的裙子。她和贝丽尼斯一道，跟后边的黑人坐在一起，想到这个时，她心里用了一个她从未用过的恶意的字眼，黑鬼——因为现在她恨每一个人，只想口出恶言羞辱他们。对约翰·亨利·韦斯特而言，这婚礼只是一大出好戏，他享受她在婚礼结束时的惨痛，一如享受那白蛋糕。她讨厌死他，这厮穿着他最好的白衣服，如今已被草莓冰淇淋弄脏。贝丽尼斯她也恨，因为对她来说，这一趟冬山之行不过是一次观光游览。至于父亲，她恨不得杀掉，他曾说过到家后再修理她。她恨每一个人，哪怕是拥挤在汽车上的陌生人，虽然她透过泪眼只能将他们看得模模糊糊——她希望这车掉进河里，或者撞上火车。而她最恨的人是自己，她恨不能叫全世界都死去。

“高兴点，”贝丽尼斯说，“擦干净脸，擤擤鼻子，慢慢就好了。”

贝丽尼斯有一条蓝色的舞会手帕，配她最好的蓝裙子和小山羊皮鞋——她把它递给弗兰西丝，尽管它是上好的乔其纱，而且不消说，不该用来擤鼻子。她可不管这个。她们两人之间的空位上有她父亲三条濡湿的手帕，贝丽尼斯开始拿其中一条擦拭那些眼泪，弗兰西丝既不动，也不躲。

“他们让老弗兰淇在婚礼上靠边站。”约翰·亨利笑吟吟，露出凸牙，大头咕咚从椅背上冒出来。她父亲清清嗓子，说道：“行啦，约翰·亨利，别惹弗兰淇。”贝丽尼斯加上一句：“坐好，规矩些。”

汽车开了很久，现在方向对她已经无关紧要，她无所谓。婚礼从一开始就很异样。那感觉就像六月头一个星期他们在厨房玩扑克牌，他们一天一天地玩桥牌，却从没有人手气好，拿的牌全都很烂，叫的点数也高不了——直到最后贝丽尼斯起了疑心，说：“咱们来数数这些老掉牙的牌。”于是他们就开始数牌，结果发现杰克和王后不见了。约翰·亨利最后承认，他先是剪了杰克的像，然后又把王后剪下作陪。他把边角藏在炉子里，偷偷地把人像带回了家。于是牌戏的纰漏被发现了，但婚礼的失败又作何解释呢？

婚礼全然不对，虽然她无法指出任何一处具体的错误。那房子是一座整洁的砖房，在小小的、阳光烘烤的镇子边上。她乍一进屋，眼珠似乎轻轻一跳；粉红色玫瑰，地板蜡的气味，银盘子盛的薄荷糖和果仁，印象混杂。每个人对她都很亲切。威廉姆斯太太穿着花边裙子，问了她两次读几年级，还问她在婚礼开始前，想不想到外面去荡秋千，用那种大人对小孩子说话的口气。威廉姆斯先生对她也很和气。他肤色发黄，颊上打着褶子，眼睛下面皮肤的颜色和纹理，像放久了的苹果核。威廉姆斯先生也问了她在学校读几年级。事实上，这是婚礼上人们问她最多的问题。

她想和哥哥以及新娘说话，跟他们谈谈，说出她的计划，就他们三个在场，但一直没有这样的机会。贾维斯在外面检查借来度蜜月的车，嘉尼丝在前卧室梳妆打扮，被一群美丽的大姑娘簇拥在中间。她来来去去在两人间徘徊，却无从开口。有一次嘉尼丝搂着她，说她很高兴有了一个小妹妹——嘉尼丝吻她的时候，她觉得喉咙里一阵发疼，说不出话来。贾维斯，当她在院子里找到他，玩闹地将她一把举起，说：弗兰淇，一身皮，阿拉嘎芳淇；踢着腿，拖着腿，弯弯腿的弗兰淇。他给了她一美元。

她站在新娘房间的角落里，想要说出：我好爱你们两个，你们是我的我们。请从婚礼上将我一起带走，因为我们应该在一起。甚至只要能说上一句：可以麻烦你到隔壁房间去一下吗，我有事要告诉你和贾维斯。然后让三人聚在一个房间里，设法向他们解释。如果她预先用打字机打下来就好了，这样就能递给他们，他们就能看到！但这一层她没有想到，现在她的舌头在嘴里直发沉，还打了结，只能微微颤抖着声音问——面纱在哪儿？

“我能感觉到一场暴雨正在酝酿之中，”贝丽尼斯说，“我那两个不中用的关节总是能知道。”

没有面纱，除了从结婚礼帽上垂下来的一小块纱网，而且没有人打扮得很隆重。新娘穿着白天的套装。唯一值得庆幸的是，她没有像原来打算的那样，直接穿着晚装裙上汽车，而且及时发现了状况。她在新娘房间的一个角落里站着，直到钢琴奏响婚礼进行曲的第一个音符。冬山的人对她都和蔼可亲，除了叫她弗兰淇，并且把她想得太小。一切都不在她的设想之中，就像六月里的那些桥牌游戏，自始至终，都有一种感觉：有些东西大错而特错了。

"振作些，"贝丽尼斯说，"我在为你设计一个大大的惊喜。我坐在这里一直在盘算着这事。难道你不想知道是什么吗？"

弗兰西丝连瞥一眼的反应都没有。婚礼像她能力之外的一场梦，或者像一出并非由她安排的演出，里面没有她的角色。客厅里挤满冬山的人，新娘和她哥哥站在房间尽头的壁炉前。再次看到他们比肩而立，与其说是她眩晕的双眼确实看到的一幅画面，不如说只是一种醉人的感觉。她用一颗心看着他们，然而心里只是在想：我还没有告诉他们，他们还不知道。想到这个就像吞下一块石头般沉重。后来，新郎亲吻了新娘，饮料点心在餐厅奉上，屋内一团热闹和喜庆——整个过程中，她徘徊在他们身边，但话总是不能出口。他们不会带上我，她想。这个想法是她不能承受的。

威廉姆斯先生拿出他们的行李，她急忙带上自己的手提箱跟在后头。接下来的部分就像一场噩梦般的戏剧表演，演出进行时，某个狂热的女孩从观众席冲上舞台，自作主张演起了一个剧本里没有，也本不该有的角色。你们是我的我们，她的心在说，但喊出来的只是："带上我！"他们向她求告，可是她已经坐在车里。最后，她抱住方向盘不放，直到父亲与另外某一个人合力将她拉开。即便到了这个时候，倒身在空余尘埃的路上，她仍只是哭喊着："带上我！带上我！"但听到的只有婚礼的来宾，因为新娘和她哥哥已经绝尘而去。

贝丽尼斯说："再过三个星期学校就开学了，你就要读七年级A班，会结识很多好孩子，交上新的像伊芙林·欧文一样你特别喜欢的知心朋友。"

这体贴的语气让弗兰西丝受不了。"我从没打算跟他们去！"她说，"只不过是一场玩笑。他们说等安顿好了要邀请我去，可我不会去，给一百万也不去。"

"这我们都知道，"贝丽尼斯说，"现在听听我打算给你一个什么样的惊喜。开学以后，你会交上新朋友，到那时开个派对多好啊！在客厅开一个有趣的桥牌派对，有土豆色拉，还有小小的橄榄三明治，就是你派特姑妈为俱乐部一次聚会准备的，让你吃得忘了自己是谁的那种——圆圆的，中间有个小圆洞，露出下面的橄榄。一个好玩的有美味点心的桥牌派对。你觉得怎样？"

这种哄小孩的许诺刺痛了她的神经。她那不值钱的心一阵伤痛，她交叉双臂贴在心口上，轻轻摇晃。"这游戏是一场骗局，牌被做了手脚，全都是骗局。"

"我们可以在客厅开桥牌派对，同时在后院还能再开一个，一个有热狗的化装派对。一个文雅，一个热闹。桥牌的赢家和最有趣的化装还有奖品。这些能叫你动心了吧？"

弗兰西丝拒绝看贝丽尼斯，也拒绝回答。

“你可以把晚报社交版的编辑叫来，让派对登上报纸。这会是你的名字第四次印在报纸上。”

没错，但这类事情对她再也不重要了。有一次，她的自行车撞了一辆汽车，那报纸称她做芳淇·亚当斯。芳淇！但现在她不在乎。

“别那么伤心，”贝丽尼斯说，“这不是世界末日。”

“弗兰淇，别哭，”约翰·亨利说，“我们回家，把印第安人的帐篷支起来，玩个痛快。”

她无法止住不哭，抽泣中带着透不过气的声音。“噢，你闭嘴。”

“听我说。告诉我你想要什么，只要能做到的，我一定尽力。”

“我只想，”过了片刻，弗兰西丝说，“我只希望，我活着的时候永远不要有人跟我说话。”

终了，贝丽尼斯说：“好吧，那你就哭吧，就痛苦吧。”

此后的回程他们再没交谈。她父亲睡着了，轻轻地打着鼾，一块手帕搭在鼻子和眼睛上。约翰·亨利躺在她父亲膝上，也睡着了。其他旅客昏昏然默不作声。汽车像个摇篮，轻轻晃动，发出低低的吼声。窗外是明亮的下午，偶尔可见兀鹰在高处懒懒地挂着，背后是白色耀眼的苍穹。他们经过红色的空旷的十字路，两边红色的沟壑深深，孤寂的棉花田里搭着朽败灰暗的小棚子。只有阴沉的松林带着些许凉意——还有那些数里之外的低矮的蓝色山丘。弗兰西丝木着一张倦脸朝窗外看，足有四个小时没说一个字。正当他们开进镇子之时，天气突然变了。天空低垂，变成灰紫色。树木暗绿，空气凝止，第一声闷雷远远传来。树顶上滚过一阵风，风声如水流冲刷，预示着暴雨将临。

“我说过的，”贝丽尼斯说，指的不是婚礼，“我的关节发疼。痛痛快快下一场暴雨，大家都会感觉好得多。”

雨没有下起来，只是空气里若有所待。风是热的。弗兰西丝对贝丽尼斯的话报以微微一笑，一种伤人的冷笑。

“你以为一切就这样结束了，”她说，“但这只说明你有多无知。”

他们以为事情已经过去，但她会让他们看个究竟。尽管婚礼与她无关，她还是要去闯荡天下。去哪里她不知道，但是，当天晚上就得走。如果不能按预想的那样，好好地与哥哥和新娘在一起，也一定要离开，就算因此犯下所有的罪也在所不惜。自从昨晚以来她第一次想起了那个士兵——但只是一闪而过，因为她正忙着匆匆做出打算。两点钟有一趟列车经过镇子，她要上车。列车前进的方向大体朝北，也许会开到芝加哥或者纽约。如果到芝加哥，她就继续前进，去好莱坞，写剧本或者演些小角色——再不济的话，就算演喜剧也行。如果列车是去纽约，她就扮成男孩，谎报年龄和姓名参加海军。现在，得等父亲睡着，她还听得到他在厨房活动。她坐在打字机前写了一封信：

亲爱的父亲：

这是一封告别信，直到我从别的地方再写信来。我告诉过你我要离开镇子，因为这是必然的。我不能再忍受这种生活，因为我的生活已经成为负担。我拿走了手枪，谁也说不准它什么时候会派上用场。一有机会，我就会把钱寄回给你的。告诉贝丽尼斯不要担心。一切都是命运的嘲讽，是注定的。我会再写信来。爸爸请不要找我。

你真诚的

弗兰西丝·亚当斯

绿白两色的飞蛾紧张不安，趴在纱网上，外面是个吉怪的夜晚。热风已经停下，空气凝滞得像是固体，你一走动总觉得被牵扯着。偶尔有隆隆的轻雷。弗兰西丝一动不动坐在打字机前，穿着带圆点的细薄纱裙，扣好的手提箱放在门边。没过多久厨房的灯熄了，父亲站在楼梯下喊：“晚安，娇气包。晚安，约翰·亨利。”

弗兰西丝等了很长时间。约翰·亨利打横睡在床尾，衣服鞋袜都没脱。他的嘴张开，眼镜的一条腿滑了下来。她等到再也等不下去，拿起箱子，蹑手蹑脚走下楼梯。下面很黑，父亲的房间也没有光，整座房子一片黑暗。她站在父亲房间的门口，他轻轻地打着呼噜。最艰难的时刻就是站在这儿倾听的几分钟。

剩下的部分很容易。她父亲是个鳏夫，生活有固定的习惯。每天晚上，他都将裤子叠好放在直背椅上，钱包、手表、眼镜都摆在五斗橱的右边。她于黑暗中悄无声息地走上前，伸出手去，几乎立即就摸到了钱包。她小心翼翼拉开橱柜抽屉，只要有一点点动静便立即住手细听。枪在她火热的手里沉重而冰冷。一切都很顺利，除了心跳得太快太响以外。还有一点小小的事故，就发生在她溜出房间之时。字纸篓绊了她一下，呼噜声停止了。父亲动了动，嘴里喃喃有声。她屏住呼吸——终于，过了一会儿，鼾声重又响起。

她将信放在桌上，踮着脚走到后门廊。但有一件事她没有料到——约翰·亨利突然大声叫唤起来。

“弗兰淇！”尖细的童音在暗夜里仿佛响彻每一个房间，“你在哪里？”

“嘘！”她悄声说，“回去睡觉。”

她出来的时候没关自己房间里的灯，他站在楼梯门里，看着下面黑沉沉的厨房。“你在下面黑乎乎地干什么？”

“嘘！”她稍微放高一点声音又说道，“你回去睡，我马上就来。”

约翰·亨利走后她又等了几分钟，然后摸索到后门，将它打开，走了出去。但是，虽然她已经轻手轻脚，他一定还是听到了动静。“等等，弗兰淇！”他尖叫道，“我来了！”

孩子的尖嗓门吵醒了父亲，她不等赶到房子的转角处就知道了。夜色深沉，她边跑边听到父亲在叫她。她从转角后面看过去，看到厨房亮起了灯。灯泡前后摆动，投到葡萄架上和黑暗庭院里的金黄色光影也摇摆不定。他正读信呢，她想，然后就追上来要把我抓回去。她跑过几个街区，箱子敲打着她的腿，有时候还差点将她绊倒，这时她才想起来，父亲得穿上裤子和衬衫——因为他不会穿睡裤追着她满街跑。她停了停，看看后面。没人。在第一盏路灯下她放下手提箱，从裙子前面的口袋里掏出钱包，用颤抖的手打开它。里面有三美元十五美分。她得扒货车，或诸如此类。

就在此时，当她孤身一人站在空荡荡的夜街上，才猛然发现自己茫然无措。跳上一辆运货列车说来容易，但流浪汉们到底是怎么跳的呢？车站在三个街区以外，她朝那边慢慢走去。车站已经关门，她四下里徘徊，望着月台，在惨淡的灯光下月台既长又空。车站的围墙边上靠着奇客来口香糖自动售卖机，月台上口香糖纸和糖果纸随处散落。铁轨井然有序，闪着寒光。几节货运车厢远远地闲在侧轨上，没有连接火车头。要到两点火车才会来，她能跳上其中一节车厢，就像在书里读到的那样，然后远走高飞吗？沿铁轨下去不远处有一盏红色的信号灯，她看到一个铁道工背着红光慢慢走来。她不能就这样转悠到两点——可是离开车站的时候，她一边肩膀被沉重的行囊压得往下坠，心中却不知道能上哪儿。

星期天的晚上，街道冷冷清清。招牌上大红大绿的霓虹灯与街灯互相辉映，在小镇上方形成一片热腾腾的雾气，颜色若浓若淡。但天空漆黑一团，不见星光。一个歪戴帽子的男人拿出一支香烟，当她经过身边时扭头直盯着她看。不能再这样在镇里瞎逛，因为这时候父亲一定正到处找她。在芬妮小店后面的巷子里，她坐在箱子上，这时才发现，她的左手一直握着那支枪。竟然一路提着枪乱跑，她觉得自己简直疯了。她曾扬言，如果新娘和哥哥不带上她，就自行了断。她用枪指着太阳穴，有一两分钟。如果扣动扳机就会死——而死意味着黑暗，别无其他，除了恐怖的黑暗一直一直持续，永不终结，直到世界末日。她放下枪，告诉自己，她是在最后一刻改变了主意。她把枪放进箱子。

巷子里很黑，一股垃圾桶的味道。就是在这里，在那个春日的下午，朗·贝克被人割开了喉咙，他的脖子像一张血污的嘴，在日光下切切低语。就是在这里朗·贝克被人杀死。她是否也杀死了那个士兵，在她用水罐砸向他的脑袋的时候？她在黑暗的巷道里惊恐不已，觉得心神已经散乱。如果有人和她在一起就好了！如果她能找到哈尼·布朗，他们能一起走就好了！但哈尼去了福克斯福斯，明天才会回来。或者如果她能找到猴子和耍猴人，跟他们结伙逃走有多好！突然一阵急促的响动，她吓得浑身一颤。一只猫跳上垃圾桶，趁着巷子尽头的灯光，她看见它黑暗中的轮廓。她轻声叫："查尔斯！"然后又叫："查林那！"但那不是她的波斯猫，当她磕磕绊绊地朝垃圾桶走过去时，它一溜烟蹿走了。

她再也受不了酸臭扑鼻的黑巷，拿起箱子朝尽头的灯光走去。她靠近人行道站着，但依然躲在一面墙的阴影里。如果有人告诉她该怎么办，去哪里以及怎么去就好了！大妈妈算的命如今已经应验——关于旅行的短暂，出发和回归，连大包的棉花也在其中，因为从冬山返回时他们的汽车曾经过一辆满载此物的大货车。而那所谓的一笔钱正在父亲的钱包里，所以她已经将大妈妈预见的命运一一实现。她是否应该回到苏格维尔的那座房子里，说她的运程已经走完，现在该怎么办？

小巷的阴影以外是幽暗凄清的长街，空等着什么似的。可口可乐的霓虹灯招牌在下一个拐角处闪烁，有个女人在一盏路灯下徘徊，像是在等人。一辆小汽车，长车身，车窗紧闭，也许是辆帕卡德，慢慢驶过街道，那种贴着路边滑行的样子让她想起黑帮的汽车，她不由得更往墙根缩去。然后，在对面的人行道上，有两个路人经过。一种感觉，就像心里骤然迸发的一点火花，让她有那么不到一秒钟的时间以为是哥哥和新娘来找她，现在就在那边。但这感觉转瞬即逝，她看到的只是一对陌生的夫妻沿路走过。她的胸腔里有一个空洞，但这虚空的深处，沉甸甸地坠着什么东西，硬生生硌着她的胃，让她感觉想吐。她对自己说要行动起来，抬起脚离开这里，但还是站在原地。她合上双眼，将头抵在余温犹在的砖墙上。

当她终于离开小巷，已是午夜过后很久了，此时她已经到了任何一闪念都会以为是好主意的地步。她抓住了一个又一个念头。搭顺风车到福克斯福斯，找到哈尼，或者发电报给伊芙琳·欧文，约她在亚特兰大见面，甚至回到家里带上约翰·亨利，这样至少会有人和她在一起，她也不用只身走天涯。但这些想法总有行不通的地方。

然后，在各种被否决的可能性纠结成的一团乱麻之中，她蓦然间想起了那个士兵。这一次的想法不是昙花一现——它逗留不去，一直粘着她。她想在永远离开镇子之前，是不是应该去趟蓝月亮，看看那士兵到底有没有被自己杀死。这个念头一出现，便显得像是个好主意，她开始往前街走去。如果她没有杀死士兵，那么找到他时该说些什么呢？接下来的念头是怎么冒出来的，她不知道，但她突然觉得完全可以叫士兵跟她结婚，然后他们两个就能一起离开此地。他发疯之前，还是有一点可取之处的。由于这主意来得突然，而且新鲜得很，因此也显得颇为有理。她想起被忘记的一部分预言，说她会和一个浅色头发蓝眼睛的人结婚。那士兵就有浅红色的头发和蓝色的眼睛，这个事实像是证明了她的决定不会有错。

她加快了脚步。昨天晚上离现在好像隔了很漫长的时间，记忆中的士兵变得好懂一些了。但她想起了旅馆房间里的寂静，紧接着是前屋里的抽筋和当时的安静，还有车库后的下流话——这些零散回忆在她混沌的意识中拼凑集合，就像探照灯的光柱交汇于夜空的一架飞机，于是电光石火间她有了某种理解，一种冷冰冰的诧异在心里升起。她站了片刻，然后又继续向蓝月亮走去。商铺都已打烊，典当行的窗户用十字交叉的铁条上了锁，以防夜盗。仅有的灯光来自楼房外面露天的木楼梯，和蓝月亮处的一片绿光。某处楼上传来争吵，街道远远的那一头有两个男人远去的脚步声。她不再想那士兵，刚才的发现把他从她心头驱走了。她只知道一件事，一定要找个人，随便什么人，只要能和她一起走就行。现在她承认，她实在太害怕，没有力量只身闯荡世界了。

那天晚上她没有走成，因为给警察在蓝月亮抓住了。当她走进去时，怀利警官也在那儿，但她没看到。她走到窗边的桌子旁坐下，箱子放在身边的地上。自动点唱机播着一支俗气的怨曲，葡萄牙老板闭目而立，手指跟着点唱机悲惨的曲调，在木柜台上起起落落。只有几个人聚在角落的火车座里，蓝色光让这个地方好像沉入了海底。她一直没看到警察，直到他走过来站在桌边。她抬头看见他，饱受惊吓的心微微一颤，然后静止不动。

“你是罗伊·亚当斯的女儿。”警察说，她的头轻轻一点，承认了。“我会打电话告诉总部你已经找到，待在这儿别动。”

警察走进后面的电话间。他正召唤囚车前来抓她，将她关进监狱，但她无所谓。很可能士兵被她杀死了，他们追踪线索，找遍全镇要捉拿她。或者警察已经知道了她从西尔斯—罗伯克商店偷走三折刀的事。她到底为什么被捕目前还不清楚，漫长的春夏两季她所犯下的罪叠加在一起，成为一种她已无力理解的罪愆。她所做的一切，所犯的罪，好像都是另一个人的所为——很久以前的一个陌生人。她僵坐在那儿，两条腿交叉，紧紧地扭在一起，两只手互握在膝头。警察的电话说了很久。她的眼睛茫然瞪视着前方，看到两个人离开座位，依偎着开始跳舞。一个士兵砰地推开纱门，穿过厅堂。只有她心里那位遥远的陌生人认出了他。等他已经爬上楼梯，她只是缓慢地，不带任何感觉地想，生着那样红色鬈发的脑袋，就像水泥做的。然后她的思绪又回到了监狱、冷冰冰的豌豆和冷冰冰的玉米饼，以及铁条封锁的号子。警察打完电话回来，在她对面坐下说：

“你怎么会来这里？”

穿着蓝制服的警察块头很大。而且一旦被捕，撒谎或糊弄都是不智之举。他有一张厚重的脸，额头很窄，两只耳朵不对称——一只比另一只大些，表情疲惫痛苦。当他向她问话时，没看她的脸，而是看着她头顶上方的某一点。

“我来这儿干什么？”她重复道。她一下子全都想不起来了，最后的回答确实也是实话：“我不知道。”

警察的声音好像来自远处，仿佛站在一条长廊的另一端发问：“你要去哪里？”

世界此时那么遥远，远得让弗兰西丝无从想起。她眼里的地球并未像过去那样，分裂、飘零、时速千里。地球如今是巨大、静止而平展的。她和任何地方都隔断了，中间横亘一条深阔的鸿沟，是她无计飞渡或跨越的。关于电影或海军的打算不过是孩子气的空想，永无实现的可能。她再三斟酌，说出自己所知道的最小、最丑陋的地方的名字，逃向那里在别人看来还不至于错得太离谱。

“花枝。”

"你父亲打电话给警察局，说你留下一封信离家出走了。我们在汽车站找到他，他马上就会来接你回家。"

警察是父亲招来的，她不会被投进监狱。她莫名地感到有些遗憾。关进监狱还是不错的，可以猛砸墙壁，胜似囚禁于看不见的牢笼。世界太遥远，她不再有任何办法可以参与其中。与世隔绝的感觉去而复返，她重新回到夏天的惊怕之中——对婚礼的失算将这种惊怕催生为恐惧。曾经一度，就在昨天，遇到的每一个人好像都与她相关相联，他们瞬间就可产生共鸣。弗兰西丝看看葡萄牙人，他还在柜台上跟着点唱机的曲调，弹奏莫须有的钢琴。他身子摇摆，手指在台面上上下跳动，柜台另一端的人不得不用手护住玻璃杯。一曲既终，葡萄牙人交叠双臂抱在胸前。弗兰西丝眯起眼用力看着他，想引他看过来。他是昨天第一个听她说起婚礼的人。但他用掌柜的眼神在店内逡巡，漫不经心地从她身上一掠而过，那其中不带丝毫联系的意味。她转向屋内其他人，他们全都一样，都是陌生人。在幽蓝的光影里她有一种古怪的溺水的感觉。最后她盯着警察，他的眼睛也终于向她直视。那是一对玩偶脸上的陶瓷眼睛，里面只映出她自己那张迷失的面孔。

纱门猛地拉开，警察说："你爸爸来带你回家了。"

弗兰西丝绝口不提那次婚礼。季节已换，天气不同了。发生了很多的变故，而弗兰西丝也满了十三岁。在他们搬家的前一天，她和贝丽尼斯一起待在厨房里，这是贝丽尼斯和他们在一起的最后一个下午。她和父亲要与派特姑妈及尤斯塔斯姑丈共住一幢房子，在镇子边的新区。这事决定之后，贝丽尼斯便提出辞职，说她也许还是嫁给T.T.算了。这是十一月下旬的一天，下午即将逝去，东边天际一片冬日的嫣红。弗兰西丝回到厨房，因为其他房间已经空了。货车已将家具全都运走，只有楼下的卧室里还有两张床，加上厨房里一些用具，留待明天搬走。这是很久以来，弗兰西丝第一次重回厨房，单独和贝丽尼斯打发下午的时间。这已不是夏季的那间厨房，那个夏天似乎已成遥远的过去。铅笔画了无痕迹，覆盖在一层石灰浆下面。新的油地毡遮住了破裂的地板。就连桌子也挪了位，向后推到墙边，因为现在已经没有人和贝丽尼斯一起吃饭了。

厨房已改头换面，几乎有些现代格调，没有留下任何让人想起约翰·亨利·韦斯特的东西。尽管如此，有几次弗兰西丝还是感觉到他在场，阴郁、灰白、徘徊不去。此时房间里会陡地静默下来——颤动着无声话语的静默。同样，每当提起哈尼，或者想到他，相同的寂静也会出现，因为哈尼正在外地服八年的刑期。在这个十一月末的下午，这样的静默又出现了，此时弗兰西丝正在做三明治，把它们切成花巧的形状，施展着浑身解数——因为玛丽·利特约翰五点钟要来。弗兰西丝看了看贝丽尼斯，她身穿一件磨坏了的毛线衫，呆坐在椅子里，两手软软地垂下。她的膝上搭着那条多年以前鲁迪送的、又小又皱又单薄的狐皮，上面的毛已经打结，狐狸的小尖脸显得狡诈而愁苦。炉子里红色的火焰，把跳动的光和变换的影洒满房间。

“我疯狂地迷上了米开朗基罗。”她说。

玛丽五点钟会来吃晚饭，并留下过夜，然后明天坐货车去他们的新家。玛丽收集大师的画片，将它们贴在美术册子里。她们一起读丁尼生等人的诗。玛丽要当一名大画家，而弗兰西丝要当大诗人——或者是关于雷达的顶级权威。利特约翰先生曾在一家拖拉机公司工作过，战前他们一家住在国外。等到弗兰西丝十六岁，玛丽十八岁，她们就要结伴周游世界。弗兰西丝将三明治放进盘子里，再配以八块巧克力，和一些咸果仁。这是为午夜准备的美餐，留到夜里十二点在床上吃。

“我告诉过你我们要一起环游世界。”

“玛丽·利特约翰，”贝丽尼斯阴阳怪气地说，“玛丽·利特约翰。”

贝丽尼斯没法欣赏米开朗基罗以及诗歌，更不用说玛丽·利特约翰了。一开始她们在这个问题上还有过口角。贝丽尼斯说玛丽粗粗笨笨，又白又胖像块奶糖，弗兰西丝对之予以激烈的辩驳。玛丽有长长的辫子，长得几乎能自己坐在上面，黄棕相杂的辫子，末梢以橡皮圈系上，有时候是丝带。她有棕色的眼睛，黄色的睫毛，当她咬指甲的时候，便可看到手背上的肉涡儿，越收越细的手指，还有指尖粉色的小肉团。利特约翰一家是天主教徒，甚至，在这一点上，贝丽尼斯也突然变得心胸狭窄起来，说罗马天主教徒都是偶像崇拜者，希望教皇统治世界。但对弗兰西丝来说，这一不同之处，正是完成她的爱的奇迹的最后一笔，平添了诡异的色彩，饱含着无声的恐惧。

“某些人我们讨论也没有用，你永远不可能了解她。不在你的能力之内。”她以前曾这样对贝丽尼斯说过一次，从她蓦地黯淡并沉默的眼神中，她知道这话已然伤害了她。现在她又这么说了，因为激怒于贝丽尼斯说那个名字时拿腔捏调的作态。可是话一出口她又感到抱歉。“不管怎么说，玛丽选我作为她最知心的朋友，这是我生命中最荣幸的事。我！在所有人中！”

“我说过任何反对她的话吗？”贝丽尼斯说，“我只是说，看到她坐在那儿啃那些猪尾巴，我就神经紧张。”

“辫子！”

一群大雁，舒展刚健的翅膀，列队从院子上空飞过。弗兰西丝走到窗边。今天早上有霜冻，萎黄的草叶和邻居家的屋顶都镀了一层银，连生锈一般的葡萄架上寥寥几片叶子也不例外。她回身面朝厨房，那静默又潜入屋里。贝丽尼斯手肘撑着膝盖，额头埋在手心里，一只颜色斑驳的眼睛愣在煤桶上。

变故大约同时发生，在十月的中旬。在那之前的两个星期前，弗兰西丝在一次有奖销售活动上认识了玛丽。那时节，有数不清的白蝴蝶、黄蝴蝶，在最后的秋花上飞舞翩跹。那也是博览会的时间。第一个出事的是哈尼。一天晚上他被大麻迷了心窍，那种被人叫做烟或雪的东西。他闯进那家向他供货的白人店铺，不顾死活地想多弄一些。他被关进了监狱，等待审判。贝丽尼斯四处奔走，筹集钱款，求助律师，想获得探监的许可。第三天她来了，心力交瘁，眼里已经有了那块红斑。头痛，她说。约翰·亨利·韦斯特将头伏在桌子上，说他也头痛。但没有人在意，以为他在学贝丽尼斯。“去，”她说，“我没心思跟你胡闹。”这是他在厨房里听到的最后一句话。后来贝丽尼斯回想时，认为这是上帝对她的惩罚。约翰·亨利得了脑膜炎，十天过后他就死了。直到一切结束，弗兰西丝都还未曾有一分钟认真相信他会死。那时正是黄金般的天气，是大滨菊和蝴蝶的季节。空气清冽，天上日日一碧如洗，透亮明媚，像清浅的波光水色。

弗兰西丝一直没被许可去探望约翰·亨利，但贝丽尼斯每天去给护士帮忙。她会在向晚时回来一趟，她沙哑失声的嗓子所讲的事，让约翰·亨利·韦斯特显得那么不真实。“我不明白为什么要让他这样受苦。”贝丽尼斯说。弗兰西丝无法将受苦这个词与约翰·亨利联系在一起。这是一个叫她畏惧躲避的词，就像面对心里一个不可测的黑暗空洞。

那时正逢博览会，大大的横幅跨在主街上方，六天六夜的博览会在广场举办。弗兰西丝去了两次，两次都和玛丽一起。她们把能骑能坐的东西几乎都玩了个遍，但没有进怪物屋，因为利特约翰太太说盯着畸形人看又可怕又变态。弗兰西丝为约翰·亨利买了一支拐杖，还把她抽奖得的小地毯捎给他。但贝丽尼斯说他用不上了，这些话听着怪异而不真实。明朗的日子一天又一天联翩而过，贝丽尼斯的话变得越来越骇人。她怀着恐惧恍惚地听着，但心里总有一部分不相信。约翰·亨利惨叫了三天，他的眼珠倒插进眼角回不来，什么都看不见了。到最后他躺在那里，头向后弯，已经失去了尖叫的力气。他死于博览会结束后的那个星期二,一个金光灿烂的早晨，有着最多的蝴蝶，最清朗的天。

在这期间，贝丽尼斯请到了一个律师，去监狱里探望了哈尼。“我不知道自己造了什么孽，”她一直在说，“哈尼出了事，现在又是约翰·亨利。”至此，弗兰西丝还是有些不相信。但到了那一天，他被送到奥佩莱卡的家族墓地，那个同样葬着查尔斯大叔的地方，到看到棺材，然后才明白。他有一两次在噩梦里造访过她，像从百货公司橱窗里逃出的假孩子，蜡一样的腿，行走间只有关节能动，蜡一样的脸皱巴巴的，惨淡地描着颜色。他一直朝着她走过来，直到恐惧将她惊醒。但这种梦只有过一到两次。现在的白天被雷达、学校，还有玛丽·利特约翰占满。她记忆中的约翰·亨利更多是以前的样子，如今她已很少感觉到他的魂灵出现。只在早晚时分，或者当那非常的静默降临到屋里时，他才偶尔显身——阴郁、灰白、徘徊不去。

“我从学校顺便去了珠宝店，爸爸收到贾维斯的信。他在卢森堡，”弗兰西丝说，“卢森堡，你不觉得这个名字很可爱吗？”

贝丽尼斯强打起精神。“哦，宝贝儿——它让我想起肥皂水。不过它是个好听的名字。”

“新房子里有个地下室，还有一间洗衣房，”过了一会儿，她又说道，“等我们环游世界的时候，很有可能会从卢森堡经过。”

弗兰西丝回到窗前。五点钟就快到了，天空已敛去那片红霞，地平线上最后一抹清清冷冷的天光正被收回。夜，说来就来，冬天就是这样。“我真是迷上了——”但这话没有说完，因为静默已被击碎，幸福像电流一刹那击中了她，她听到了门铃声。

年 表

一九一七年　露拉·卡森·史密斯二月十九日出生于佐治亚州首府哥伦布，是拉马尔和玛格丽特·沃特斯·史密斯的第一个孩子。

一九二六年　开始上钢琴课。

一九三〇年　去掉名字中的“露拉”，立志要成为一名钢琴家。

一九三二年　身患严重的风湿热，当时被误诊，这件事之后被认为与她晚年的中风关系密切。据信，就是在这一年，她告诉最要好的朋友，她决定要成为一名作家。

一九三三年　自哥伦布高中毕业，开始写作剧本和她第一部短篇小说《吸管》，这篇小说最终在一九六三年得以出版。

一九三四年　乘坐汽轮从萨瓦纳前往纽约市，先是在哥伦比亚大学登记参加了文学创作班，在接下来的一年，进入纽约大学学习。

一九三五年　与小詹姆斯·利夫斯·麦卡勒斯相遇。

一九三六年　第一篇正式刊载的短篇小说《神童》挣到二十五美元的稿费，这个短篇刊登在该年十二月号的《故事》杂志上。再一次患上风湿热（这一次被误诊为结核病）。在养病期间，开始筹划她的第一部长篇小说。

一九三七年　与利夫斯·麦卡勒斯结婚，搬家到北卡罗来纳州的夏洛特市——利夫斯在那里的零售信用公司找到了工作。她开始撰写一部她称为《哑巴》的小说。

一九三八年　搬家到北卡罗来纳州的费耶特维尔市。提交了《哑巴》的六个章节及故事大纲参加米夫林出版公司新人出道作大赛，赢得了一份合同，以及五百美元的出版预付款。

一九三九年　完成《哑巴》，开始写第二部长篇小说——《军中来信》，稍后被更名为《金色眼睛的映像》。筹划第三部小说，《新娘和她的兄弟》，亦即后来的《婚礼的成员》。

一九四〇年　《哑巴》更名为《心是孤独的猎手》，由米夫林出版公司出版。出席佛蒙特州明德学院的布莱德·洛夫作家会议。《金色眼睛的映像》分为两个部分，于该年十月和十一月在《时尚芭莎》[①]杂志上发表。与利夫斯分居，搬到布鲁克林的一家社区公屋居住；同住的房客包括

① 全球历史最为悠久的顶级时尚杂志，一八六七年创刊。

威斯坦·休·奥登[1]和吉普赛·罗斯·李[2]。

一九四一年　《金色眼睛的映像》由米夫林出版公司出版。造访萨拉托加温泉市的耶都艺区，并在那里完成了《伤心咖啡馆之歌》。开始跟利夫斯办理离婚。第一次脑中风之后，在这一年的晚些时候患上严重的肋膜炎、链球菌喉炎和肺炎。

一九四二年　《树·石·云》被选入《欧·亨利纪念奖小说年选》。获得古根海姆创作基金。糟糕的健康状况迫使她取消了前往墨西哥的旅行。利夫斯延长服役时间。

一九四四年　病情更为严重。父亲去世。利夫斯在诺曼底战役中受伤。《伤心咖啡馆之歌》被选入《最佳美国短篇小说年选》。

一九四五年　与利夫斯再婚。完成《婚礼的成员》。

一九四六年　米夫林出版公司出版《婚礼的成员》。在南塔克特岛上与田纳西·威廉斯一道将《婚礼的成员》改编为剧本。再获古根海姆创作基金，与利夫斯前往巴黎。

一九四七年　两次严重中风，第二次中风令她左臂瘫痪。回到纽约。

一九四八年　与利夫斯分居，尝试自杀，后与利夫斯和解。公开支持哈利·S. 杜鲁门的总统竞选。

一九四九年　新方向出版公司出版《婚礼的成员》(剧本)。

---

① 威斯坦·休·奥登(Wystan Hugh Auden，1907—1973)：英国出生的美国诗人，是继叶芝和艾略特之后，最重要的英语诗人。

② 吉普赛·罗斯·李(Gypsy Rose Lee，1911—1970)：美国三十年代脱衣舞明星，一九三七年登上银幕。代表作有《玫瑰影后》《巴格达的姑娘们》等。

一九五〇年 《婚礼的成员》在百老汇帝国大剧院首演。作为当季最佳剧本，这部舞台剧赢得了纽约戏剧评论家奖。再次与利夫斯分居。

一九五一年 米夫林出版公司出版《伤心咖啡馆之歌与其他作品》。开始创作她称之为《碾槌》的作品（其中一部分将会成为长篇小说《没有指针的钟》）。

一九五二年 与利夫斯一起回到欧洲，在巴黎附近买了一所房子。短暂参与电影《终点站》剧本的创作。《婚礼的成员》电影版上映。

一九五三年 利夫斯试图说服卡森一同自杀。她返回纽约。利夫斯在巴黎的一家旅店里自杀身亡。

一九五四年 在耶都艺区度过数月时间，创作《没有指针的钟》和一部剧本《奇妙的平方根》。

一九五五年 在基韦斯特同田纳西·威廉斯一同创作。母亲猝亡。

一九五七年 《奇妙的平方根》在百老汇首演，但是经过四十五场演出后即撤剧。

一九五九年 手臂和手腕进行两次手术。开始写作儿童诗歌。

一九六〇年 完成《没有指针的钟》。

一九六一年 再次手术。《没有指针的钟》由米夫林出版公司出版。

一九六二年 确诊乳腺癌，被施以乳房切除术。左手再次手术。

一九六三年 爱德华·阿尔比[1]的改编剧本《伤心咖啡馆之歌》在百

---

[1] 爱德华·阿尔比（Edward Albee，1928— ）：美国剧作家。

老汇首演。

一九六四年　右侧髋骨骨折，左侧手肘粉碎性骨折。儿童诗集《甜如泡菜净如猪》由米夫林出版公司出版。

一九六五年　首本麦卡勒斯研究著作——奥利弗·伊文思的《卡森·麦卡勒斯：她的生命与作品》出版。

一九六六年　与玛丽·罗杰斯[①]合作，将《婚礼的成员》改编为音乐剧。撰写自传《神启与夜之光》(于一九九九年出版)。

一九六七年　因“对文学作出的杰出贡献”获亨利·贝拉曼奖。最后一次中风，重度脑出血，昏迷四十七天。卡森·麦卡勒斯于九月二十九日逝世，埋葬在橡树山公墓，墓碑就在哈德逊河的河堤旁。《金色眼睛的映像》电影版上映。

一九六八年　《心是孤独的猎手》电影版上映。

一九七一年　米夫林出版公司出版《抵押出去的心：短篇小说及非小说作品集》，由卡森的妹妹玛格丽塔·G.史密斯负责编辑。

---

① 玛丽·罗杰斯(Mary Rodgers，1931—　)：美国音乐剧作家、编剧。